THE
COLLECTED SHORT
STORIES OF
W.S.MAUGHAM

毛姆短篇小说集

〔英〕威廉·萨默塞特·毛姆 著

吴雪 译

江苏凤凰文艺出版社
JIANGSU PHOENIX LITERATURE AND
ART PUBLISHING, LTD

THE
COLLECTED SHORT
STORIES OF
W.S.MAUGHAM

目录
CONTENTS

信

外面码头上骄阳凶猛。汽车、货车、公车、私车和出租车汇成一股洪流，在拥挤的大街上时急时缓，每一个司机都按响自己的喇叭；黄包车在人群中见缝插针，喘着粗气的苦力鼓足劲叫喊着彼此招呼；这些苦力们，扛着沉甸甸的大包，偏身快步小跑——一边跑一边朝行人大喊——替自己开路；街头逡巡的小商贩兜售着自己的货物。新加坡是一个多民族的汇集之所，各色人种俱全，黑皮肤的泰米尔人，黄皮肤的华人，棕皮肤的马来人、阿美尼亚人、犹太人以及孟加拉人，全都沙哑着嗓子呼朋唤友。然而，在雷普利、乔伊斯和内勒三人联名的律师事务所办公室里，却是令人愉悦的清凉。经历了外面大街微闪的扬尘，方显出这里的阴暗；经历了外面大街蒸腾不下的喧嚣，才显出这里的静谧宜人。

乔伊斯先生坐在自己的私人办公室里，办公桌前摆放着一台电扇，开足风力正对自己。他身子后仰，手肘支在椅子扶手上，手指张开，一只手的指尖整整齐齐抵着另一只手的指尖。他的目光落在正前方长长书架上一字排开的那几十卷本磨毛了边的《全英格兰判例汇编》[1]上。书架顶上，放着好几个铁胎黑漆的箱子，每个箱子上都拿油彩写了不同客户的名字。

一记敲门声响起。

“请进。”

一个一身白衣、利索整齐的华人雇员打开门。

“先生，克罗斯比先生到了。”

他讲得一口漂亮英语，每个字的发音都精准到位，乔伊斯常常赞叹于他的海量词汇。他名叫王志生，广东人氏，曾在格雷律师学院研习法律。他在雷普利·乔伊斯·内勒联名律师事务所待了差不多一两年，在为自己独立上庭实践做准备。他这个人勤勤恳恳，乐于助人，品行端正。

“带他进来。”乔伊斯说。

他欠身和来访者握手，请他落座。客人坐下时，光正好打在他脸上。而乔伊斯先生的面孔依然笼罩在阴影里。他生性沉默寡言，现在他看着罗伯特·克罗斯比整整一分钟，一个字都没说。克罗斯比是一个大块头，身高足足六英尺有余，宽肩膀，肌肉分明。他是一个橡胶园的园主，工作十分辛苦，要一刻不停地走动，巡遍整座橡胶园；而当一天工作结束，他就打打网球放松一下。他被太阳晒得黝黑，双手汗毛浓重，和套在靴子里的脚一样都巨大非常，乔伊斯发觉自己的心思已经

① 《全英格兰判例汇编》在普通法系的国家享有崇高的声望。这套书自1936年开始出版以来，将英国法院判决的16000个案例均按年月顺序编辑在这部书中，其中包括索引和综合服务部分。

飘到，这个巨拳可以轻松打死一个脆弱的泰米尔人[1]上面。但是克罗斯比那双蔚蓝色的眼中却没有丝毫凶残；那双眼是诚挚的、温和的；而他的脸，搭配着尺寸大而平凡的五官，显得开放、坦诚、实在。不过此刻，这张脸孔上面露出一种深邃的悲痛，看上去疲惫而憔悴。

“看您的模样，好像这一两天都没睡过。”乔伊斯先生说。

“是这样。”

此时，乔伊斯先生留意到克罗斯比放在桌上的那顶旧毡帽，前后是宽大的双帽檐；随后乔伊斯的目光又飘向他身上穿的卡其短裤，露出红彤彤毛茸茸的大腿，网球衫的领口松开，没系领带，脏兮兮的卡其外套袖口挽起。他看起来好像刚刚经历了在橡胶林中漫长的跋涉。乔伊斯先生眉头轻蹙。

“您必须要振作起来，您知道。您一定要意志坚定。”

“哦，我没事。”

“您今天已经见过太太了？”

“没有，我预备今天下午去见她。您知道，他们居然真的逮捕了她，他们真该为此感到羞耻。”

“我认为他们也是不得已。”乔伊斯先生以一种平静、柔和的语气答道。

“我本以为他们会同意她保释。”

“这可是一项很严重的指控。”

---

① 泰米尔人，是来自南亚次大陆的民族之一，有记录的历史将近两千年。泰米尔人分布在印度南部和斯里兰卡东北部、马来西亚、新加坡、斐济、毛里求斯和南非。泰米尔人个子较矮，肤色较黑。

“该死的，的确是。她尽到了自己这个位置上任何一位正派女士所能尽到的本分。只不过，十之有九的女士没有这种勇气。蕾斯利是这个世界上最好的女人，她连一只苍蝇都不会伤害。为什么，该死的，老兄，我和她结婚已经十二年了，您觉得我会不了解她吗？天哪，如果让我抓住那个男人，我一定拧断他的脖子，我会杀了他，一秒都不带犹豫的。您肯定也一样。”

“我亲爱的老朋友，所有人都站在你这边，没人会替哈蒙特说好话。我们会把她救出来的。我可不认为陪审团或法官上庭的时候，是带了认定有罪的心思来的。”

“整件事根本就是无稽之谈。”克罗斯比愤怒地说，“从最开始，就不应该逮捕她，更可怕是后面一次次的提审，还有审判的折磨。自从我来到新加坡，我遇见的人里，无论是男是女，就没有一个跟我说过蕾斯利应该被起诉这种话的。我觉得把她关在监狱里这么长时间，实在是太可怕了。”

“法律就是法律。毕竟，她承认自己杀了那个人。我真心实意地替您们感到遗憾。”

“我压根儿不在乎。”克罗斯比打断他。

“但现在的事实是，凶案已经犯下了。在一个文明社会里，一场审判也是避免不了的。”

“消灭一头禽兽也算是谋杀吗？她朝他开枪，和她朝一只疯狗开枪没什么两样。”

乔伊斯先生向后靠在椅背上，再一次将十指的指尖抵在一起。他搭起的这个小形状很像是房顶的骨架。他沉默了片刻。

“如果我不告诉您，这个案件里有一点让我产生了小小的焦虑的话，”他终于开口了，声音平静，那双冰冷的棕色眼眸看着客户，“那么就是我作为您法律顾问的失职。如果您太太只朝哈蒙德开了一枪，整个案子绝对打得顺风顺水。很不幸的是，她开了六枪。”

“她的解释非常简单。在那种情况下，任何一个人都会做相同的事。”

“我相信，”乔伊斯先生说道，“当然，我认为这种解释是十分合理的。但是，如果我们选择对事实视而不见，也没有好处。和对方易地而处永远都是不错的策略，如果我是检察官，这一点绝对是我要进行重点盘问的。”

“我亲爱的老伙计，这真的是太愚蠢了。”

乔伊斯先生凌厉地扫了罗伯特·克罗斯比一眼，微笑的影子悬在他凝起的唇角。克罗斯比是一个好朋友，但他实在不是一个聪明人。

“我相信这点并不很重要。”律师回答道，“只不过认为它值得一提。您不必等候很久，一切就都结束了。我建议您带着太太出去找个地方旅行一番，忘了这些事。即便我们几乎可以确定能得到无罪的结果，打官司还是十分耗神的，您二位一定很想要休整一下。”

这是克罗斯比第一次面露笑容，他的笑容奇妙地改变了他的样貌——会让你忘记他的粗蛮，只看见他灵魂中的美好。

“我想我可能会比蕾斯利更希望这样。她是惊人的坚强。老天为证，希望您也能娶到一位勇敢的小女人。”

“是的，我的确非常为她的自控能力所折服。”律师说，

“我永远都不会对她是否能做到如此果敢的能力表示质疑。”

作为她的辩护律师，职责要求他必须在克罗斯比太太被关押期间，经常去和她好好会谈。尽管整个事件其实非常简单，但事实是，她依然在押，等候对她谋杀罪名的审判；如果她担心自己可能败诉也不会让人太过讶异。显然，她沉着地承担了这种折磨。她阅读了大量书籍，尽可能进行各种锻炼，并烦请当局同意她编织枕结花边，以此作为娱乐来打发漫长的闲暇时间。乔伊斯先生去探望她时，她都穿着干净整洁的素淡连衣裙，头发仔细拢好，指甲也精心修剪过。她举止恬淡，甚至可以稍微嘲笑自己目前所处情况带来的小小不便。她讲起这出悲剧时，总带着一丝漫不经心的样子，这让乔伊斯萌生了一种想法——只有她的良好教养，方能令她免于认为如今这带有一丝荒唐的处境是极其严重的。这让他很惊讶，因为他从没想过她有这样的幽默感。

他和她认识已有多年。她每次来新加坡拜访，通常都与他和他太太一起共进晚餐，有一两次，她还和他们一起去他们的海边别墅共度周末。他的太太曾经和她一起在橡胶园里度过两个星期，并曾同杰弗里·哈蒙德会过好几次面。这两对夫妇虽谈不上是至交，也算得上是好友了，也正因为这个缘故，在大祸临头后，罗伯特·克罗斯比立刻赶到新加坡，央求乔伊斯亲自上阵替他不幸的妻子进行辩护。

乔伊斯自第一次去探视她，听她讲述事情经过时，直至今日，哪怕最微小的细节都没有丝毫改动。当是时，惨剧刚发生几个小时，她讲述事情经过的样子，就如同她此刻讲述时一样冷静。她讲得很连贯，语气平静自持，只有在描述到其中一两个关键节点时，她才会脸色微微泛红，显出一丝迷惑的迹象。她是这个世界上最不可能被认为会做这种事情的女人。她三十出头，是一个精致易碎的尤物，个子不高不矮，优雅更胜美貌。她的手腕脚踝都十分纤弱，身材尤其纤细，你能透过手上雪白的皮肤看见包裹在里面的骨骼，血管密布，泛着淡蓝色。她的面庞也没有血色，微微泛灰，嘴唇苍白。你也看不到她眼睛的颜色。她一头浓密的浅褐色头发，还带着些微的自来卷；这头秀发是属于稍微装点一番便可以异常美丽的那种，不过你应该无法想象克罗斯比太太会有依赖任意一种装饰品的想法。她举止迷人，是一个温顺、亲切、谦逊的女人。若她并没有那样受欢迎，也是因为她过分羞涩的原因。这一点完全可以理解，身为一位橡胶园主的太太，生活总是寂寞的。她守在自己的房子里，和自己熟识的人一起，那种娴静的模样又令人着迷。乔伊斯太太在和她共度了那两星期之后，就曾跟先生提过，蕾斯利是一位非常令人舒适的女主人。乔伊斯太太说，蕾斯利的内心远超人们的所想；当你了解了她之后，就会惊讶于她居然博览过诸多书籍，十分有趣。

她是这个世界上最不可能犯下凶杀罪行的女人。

乔伊斯先生用自己能够想到的最让人安心的言辞请走了罗伯特·克罗斯比，办公室里再次只剩他一人，之后便翻起了卷宗。但这只是机械性的动作，因为所有的细节他都已经烂熟于胸了。这是如今轰动一时的大案，在各个俱乐部、各个餐桌旁为人讨论，从新加坡到槟城，辗转于整个半岛。克罗斯比太太提供的那些事实很简单——她的丈夫有事去了新加坡，晚上只有她自己一个人。她独自吃了晚饭，很迟，约莫差一刻钟九点，吃过饭以后，她就坐在客厅里编织花边。客厅连着露台。

别墅里没有其他人，仆人都回到了位于别墅后院的下人房。她听见花园的石子路上有脚步声时，很是讶异；而且那是靴子踩上去的声音，这表明了来者是一个白人而不是本地人。因为她没听见车道上有引擎声，所以想不出有谁会这么晚来探望她。有人顺着通往别墅的台阶拾级而上，绕过了露台，出现在客厅门口。起初她没有认出这位访客。她坐着，身旁放着一盏昏暗的油灯，他背对黑夜站在那里。

“我可以进来吗？”他说。

她甚至也没有听出这个声音。

“哪位？”她问。

她编织的时候戴着眼镜，此时讲话的当儿已经把它摘掉了。

“杰夫·哈蒙德[①]。”

“当然。请进来喝一杯。”

她起身，友善地和他握手。她见到他有一点惊讶，因为他虽然是邻居，但无论是她还是罗伯特，最近跟他来往都不是很亲密，她已经好几个星期没有见过他了。

他是距离他们橡胶园八英里处另一家橡胶园的园主，她很奇怪为什么他会选这么晚的时间来看望他们。

“罗伯特出门了。”她说，“他今天晚上必须去新加坡一趟。”

或许他认为自己的来访可能需要一番解释，因为他说：

① 杰夫是杰弗里的昵称。

“很抱歉。我今天晚上十分孤独，于是便想着不如过来看看你们在做些什么。”

“您到底是怎么过来的？我没听见车子的动静。”

“我把车子停在路边了。我原以为或许你们已经上床睡觉了。”

这种事非常自然。橡胶园主必须天蒙蒙亮时就起床，好去给工人们安排工作；晚饭吃过不久，就得去休息。哈蒙德的车子，也的确是在隔天，于距离别墅四分之一英里外的地方找到的。

鉴于罗伯特不在家，客厅里没有准备威士忌和苏打水。蕾斯利没有去叫男仆，他应该已经睡了，于是自己亲自去取。她的客人给自己调了一杯混饮，装好烟斗。

杰夫·哈蒙德在殖民地着实结识了一批好友。他此时三十有九，但外表还是一副小伙子的模样。他是第一批在战争爆发时入伍的志愿兵，表现相当优异。膝盖上的伤导致他在入伍两年后不得不退役，但他返回马来联邦的时候，身上别着一枚杰出服务勋章和一枚军功十字勋章。他是殖民地的最佳台球手，曾经还是一名出色的舞者和网球高手，不过他现在已经不能再跳舞了；而网球，因着一边的膝盖僵硬，打得也不如原来好，但他自有一种受人欢迎的天赋，全宇宙的人都喜欢他。他身材高大、容貌出挑，一双蓝眼醉人，还有一头漂亮的乌黑卷发。老一辈人说，他唯一的错误就是太沉溺女色。惨剧过后，他们都摇着头，一致同意他们早就料到这一点会给他惹来大祸。

然后，他开始向蕾斯利讲起本地的趣闻，新加坡的种族构成，还有橡胶的价格，以及他有诸多机会杀掉那头最近在邻近出现的老虎。她焦虑地想结束谈话，因为她手中正编织的这条花边必须抓紧完工，她希望能够赶在母亲生日之前把它寄回家，所以她又戴上眼镜，朝着自己的座位走去，那里的小桌子上还放着枕头。

“我希望您不要戴这种牛角眼镜。”他说，“我搞不懂为什么一位漂亮的女士要竭尽全力让自己看起来平凡普通。”

她听见这番评论，稍稍有些惊讶。他从来不曾用这种语气跟她讲话。她想，最好的应对还是轻描淡写地带过。

“我并没有要成为一位绝色美人的虚荣，如果您要我坦诚相告的话，我必须要回答您，我一点都不在意您是否觉得我平凡普通。”

“我并不认为您平凡普通，我认为您十分美丽。”

“您嘴真甜。”她嘲讽地回答，“不过您若真这么想，我只能认为您智商堪忧。”

他咯咯笑起来，同时从自己的座位上站起来，挨着她另一侧坐下。

“您不能厚着脸皮否认您长了一双全世界最美的手。”他说。

他比了一下，似乎想要拉起其中的一只。她给了他一个小钉子碰。

“不要犯傻。你可以回到刚才的座位继续谈天，不然我就要请您回去了。”

他没有动。

“您难道不知道，我已经深深地爱上了您吗？”他说。

她依然非常冷静。

“不知道。我没有一刻相信这句话，就算是真的，我也不希望您把它说出来。”

她对他说的话更加惊讶，皆因相识的这七年里，他从未对她特别关照一眼。当他从战场归来，他们两家曾经常常会面，甚至有一次他生病，是罗伯特前往用车将他接回到他们自己的别墅里。他曾经和他们共度了整整两星期。但是他们彼此兴趣迥异，这种相熟从未升华成为友谊。在过去两三年间，他们只见过他几次。他时不时会过来打网球，他们也在别的橡胶园主举办的聚会上见到他，但最经常的情况却是他们一个月都不曾留意过他一眼。

此时，他又喝了一杯苏打威士忌，像是从没喝过酒一样。蕾斯利觉得他有点不对劲，这令她有些许不安。

她看着他自斟自饮，并不赞同。

“如果我是您，便不会再喝了。”她说，态度依然随和。

他一口喝光，放下杯子。

“您是不是认为我和您说这番话，是因为我醉了？”他突兀地问。

“这是最显而易见的解释，不是吗？”

“哦，这是一句谎言。我爱您，自从我第一次见到您就爱上了。我一直尽可能守口如瓶，现在是时候一吐为快了。我爱您，我爱您，我爱您。”

她起身，仔细将枕头放到一边。

“晚安。”她说。

“我不想走。”

终于，她开始按捺不住自己的脾气。

“你这个可怜的傻瓜，难道你不知道除了罗伯特，我不会爱上任何人吗？就算我不爱罗伯特，你也是最不可能得到我青睐的人。”

“你怕什么？罗伯特又不在。”

“如果你不立刻滚，我就要叫仆人了，他们会把你扔出去。”

“他们根本听不见。”

她此时已经出离愤怒了。她想要走去露台，在那儿家里的仆人一定能听见，但他拉住了她的胳膊。

“放开我。”她恼怒地喊。

“不要。我已经拉住你了。”

她开口叫道“来人，来人”，但很快他一手伸过来捂住了她的嘴。她还没有反应过来他想做什么，他就将她搂在怀里，热情地亲吻起来。她拼命挣扎，将自己的唇从他燃烧的嘴上挣脱开。

“不，不，不。”她喊道，“放开我。我不要。”

她不太清楚后面发生的事情。之前所有的话她都记得很清楚，但此刻他的话穿过一片惊恐的迷雾刺穿她的耳朵。他似乎是在乞求她的爱。他突然激动地诉说自己的热情。整个过程中，他一直都将她困在暴风雨般的怀抱里。她无助，因为他是一个强壮、有力的男性，而她的手臂被困在身体两侧；她的挣扎徒劳，让她觉得自己益发软弱；她很害怕自己会晕倒，他滚烫的呼气喷在她脸上，令她觉得万分恶心。他吻她的嘴、她的眼、她的脸、她的发。他胳膊的挤压快要杀死她。他将她抱起，双脚离地。她试过用脚踢他，但他只将她搂得更紧。他现在已经抱起她了。他再不发一语，但她知道他此刻脸色苍白，带着欲望的眼神热辣。他要把她带去卧室。他不再是一位文明人，而是一个野人。他中途被一张桌子绊了一下。他那边僵化的膝盖令他的脚步有些笨拙，就这样双臂担着一位女士摔倒了。一瞬间，她从他怀里夺路而逃。她跑着绕过沙发。他立刻爬起来，朝着她冲过去。书桌上放着一把左轮手枪。她并不是一个神经质的女人，但是当天晚上罗伯特不在家，她本来是打算上床时带着那把枪一起去卧室的。这就是它刚巧会放在桌上的原因。她处于惊恐之中。她不知道自己做了什么。她听见一声枪响。她看见哈蒙德晃了两晃，发出一声大喊。他说了几句，但具体是什么她不知道。他冲出客厅来到露台。此时，她陷入狂乱，再也不是她自己，她追着他到外面，是的，就是这样，她一定是追着他到了外面，虽然她一点也不记得，她追出去机械地开枪，一枪又一枪，直到六发子弹的弹夹打空。哈蒙德倒在露台的地板上。他一动不动，浑身是血地瘫在那里。

当仆人们被枪声惊醒，冲出来时，发现她站在哈蒙特旁边，手里还拿着那把左轮手枪，而哈蒙德已经生气全无。她盯着他们看了一会儿，一言不发。他们害怕地站在原地，挤成一簇。她任由左轮手枪从自己手里滑落，没有解释一个字，转身走进了客厅。他们看着她回到自己的卧室，转动钥匙锁上门。他们不敢碰那具死尸，只是恐惧地看着它，压低嗓音激动地彼此交谈。然后，领头的华人仆从罗伯特收敛心神；他已经跟着主人家许多年，是一个头脑冷静的家伙。罗伯特骑着自己的摩托车去了新加坡，汽车停在车库。他让司机把车开出来，他们必须立刻动身前往寻找副民政长，告诉他发生的事情。他捡起左轮手枪，放进自己口袋。担任副民政长的是一位姓威瑟士的先生，他住在离城里最近的郊区，离这里大约有三十五英里。他们开了一个半小时才开到他家。所有人都睡了，他们不得不叫醒仆人。没过一会儿，威瑟士走出来，他们向他表明此次的来意。领头的仆人还给他看了那把左轮手枪，作为说辞的佐证。副民政长回到房间换衣服，派人取车，只过了一小会儿，便跟随他们沿着荒芜的公路返回。威瑟士抵达克罗斯比府邸的时候，天刚破晓。他跑上通往露台的台阶，看见仍然躺在原地的尸体，驻足短暂停留片刻。他摸了摸哈蒙德的脸，已经十分冰冷。

“夫人现在在哪里？”他问管家的仆人。

那位华人指了指卧室。威瑟士走到门口敲门。没有人回应。他又敲了一次。

“克罗斯比太太。”他叫道。

“哪位？”

“威瑟士。”

一阵沉默后，门锁转动，门慢慢打开。蕾斯利站在他面前。她没有就寝，身上还穿着晚餐时的那件茶会裙。她站在门口，默默地看着副民政长。

“您家的仆人找我来的。”他说，“哈蒙德。您对他做了什么？”

“他意图对我不轨，我开枪打了他。”

“我的天哪。我说，您最好随我过来。您必须仔仔细细地告诉我发生了什么。”

“现在不行。我办不到。您必须要给我一点时间，让我派人去找我丈夫。”

威瑟士还很年轻，不是很确切地知道发生了这种突发紧急事件应该怎样做，并且这件事本身也超出了他的职责范围。蕾斯利拒绝再说什么，一直等到最后罗伯特回到家。随后，她将整件事告诉这两个人，而且从那之后，她虽然把故事复述了一遍又一遍，但从来没有过哪怕最细微程度的偏差。

让乔伊斯先生反复琢磨的，就是开枪这一点。作为一名律师，他的困惑之处在于蕾斯利并不是只开了一枪，而是六枪，而尸检的结果表明其中有四枪是在死者近距离的地方开的。有一种可能是当男人倒下时，她站在他身边，将左轮手枪里剩余的子弹都招呼给他。她也坦诚自己之前的种种都记得十分精确，唯独这里的记忆颇为模糊。她的脑子一片空白，这指向了一种难以自制的狂乱；但是难以自制的狂乱，是人们认为最不可能会出现这个安静、隐忍的女人身上的一件事。乔伊斯先生和她认识了许多年，一直都认为她绝对不是一个情绪化的人；在惨剧发生后的那几周时间里，她的沉着令人震惊。

乔伊斯先生耸了耸肩膀。

“我想，事实应该是，”他得出结论，“就是你永远无法知道，在一位最令人尊敬的女士体内，潜藏了什么样的野蛮可能。”

门外又响起敲门声。

“请进。”

华裔员工走了进来，带上门。他的关门声音很轻，动作审慎而又坚定，然后朝着乔伊斯先生坐着的办公桌走去。

“我能打扰您一下吗，先生，就说几句，私人谈话？”他问道。这位员工这种精心设计过、有针对性地表达自己的方法，总能微微地取悦乔伊斯先生，他现在就笑了。

“这算不得打扰，志生。”他回道。

“我下决心想要同您探讨的事情，先生，有些微妙，需要保密。”

“请说吧。”

乔伊斯先生迎上自己员工精明的眼睛。一如既往，王志生的穿着迎合了本地最新的潮流。他穿了一双锃亮的黑色漆皮鞋，一双色彩艳丽的短袜。他的黑领结上别着珍珠和红宝石的别针，左手的无名指戴着一枚钻戒。而他整洁的白色外套口袋里，别着一支金色钢笔和一支金色铅笔。他还戴了一只金色的腕表，鼻梁上架着一副无边框的夹鼻眼镜。他轻轻咳嗽了一下。

“我要说的事情与伯特·克罗斯比先生的案子有关，先生。”

“哦？”

“我刚巧得知了一件事，先生，这似乎给了我看待这宗案子的另一个角度。”

“什么样的事情？”

“据我所知，先生，这桩惨剧里那位不幸的受害人处，存有一封信。”

“这我毫不吃惊。在过去的七年间，我毫不怀疑克罗斯比太太经常有机会给哈蒙德先生写信。”

乔伊斯先生对自己雇员的智商评价很高，他刚才一番话目的在于隐藏自己内心的真实想法。

“这非常有可能，先生。这也是我得知这件事时的第一反应。克罗斯比太太一定常与死者频繁交流，比如说邀请他和自己共进晚餐，或是相邀打一场网球。不过，这封信是在哈蒙德先生死亡当天写的。”

乔伊斯先生眼睫毛都没有颤一下。他继续带着那丝兴味盎然的微弱笑容看着王志生，如往常同他闲聊时一样。

“是谁告诉你的？”

“这件事我也是碰巧才得知的，先生。我一个朋友告诉我的。”

乔伊斯先生却知道，真相并非他坚称的这般。

“你一定还记得，先生，克罗斯比太太声称，在案件发生那晚之前，她已经好几周没有和哈蒙德先生有过来往。”

“你拿到那封信了吗？”

“没有，先生。”

“信中写了什么？”

“我朋友给了我一份抄本。您要看一下吗，先生？”

“自然。”

王志生从内袋里掏出一个鼓鼓的钱夹，里面塞满了票据、新加坡纸币和烟标。他从这一堆乱七八糟里，翻出半张撕下来的薄信纸，把它呈放在乔伊斯先生面前。信上的内容如下：

罗今晚不在。我必须要见到你，盼你十一点时前

来。我很绝望，若你不来，后果恕我不能保证。不要开车。——蕾

上面的字是这个华人在念国外学校时教出来的圆体字。这种字体，完全没有个性，和上面这番话一样奇异地充满了不祥的预兆。

“是什么让你认为这封信是克罗斯比太太写的呢？”

“我对自己消息的准确性非常有信心，先生。”王志生回答说，“而且要证实它的真实性也非常简单。毫无疑问，克罗斯比太太会立刻告诉您，她是否写过这封信。”

谈话伊始，乔伊斯先生的目光就没有离开过自己这位可敬的雇员。他很想知道，自己是否在志生脸上看到了一丝淡淡的嘲讽。

“克罗斯比太太竟会写出这样一封信，简直是匪夷所思。”乔伊斯说。

“如果这是您的看法，先生，那么此事当然到此为止。我的朋友同我讲这件事，只是因为他认为，我是在您公司效劳，您或许愿意在这封信送交到检方代理人手里之前，得知它的存在。”

“信件原件在谁那儿？”乔伊斯厉声问道。

王志生没有露出他听见这个问题的迹象，这是一种改变态度的举动。

“毫无疑问，先生，你应该还记得，在哈蒙德先生死亡后，他们发现他和一位华人女性曾有过一段。这封信目前就在她手里。”

这绝对是那种可以将公众对哈蒙德的看法来个大反转的东西。大家都知道，有好几个月，他家里住了一位华人女士。

有一阵，他们两个谁都没有说话。毫无疑问，该说的话都已经说了，而且他们两个都十分明白对方什么意思。

“我很感激你，志生。我会好好考虑一下这件事。”

“非常好，先生。您希望我将这个结果告诉给我的朋友吗？”

“我想要说，如果你和他继续保持联络的话，也是非常不错的。”乔伊斯先生庄重地说。

“遵命，先生。”

雇员轻轻地离开办公室，重新小心翼翼地关上门，留下乔伊斯先生自己沉思。他盯着这份副本，看着上面工整的、毫无个性的字体，这是蕾斯利写的信。一种朦胧的怀疑困扰着他。这些怀疑是那样令人不安，他很努力才将它们从自己的脑海中赶出去。这封信一定有一种简单的解释，蕾斯利毫无疑问可以立刻告诉他，而且，老天，这的确需要一个解释。他从椅子上起身，将信收进口袋，戴上遮阳帽。他出门时，王志生正在自己的工位上忙着写些什么。

“志生，我出去一会儿。”他说。

“十二点乔治·里德先生和您有约，先生。我要怎么解释您不在？”

乔伊斯先生弱弱地朝他挤出一丝笑。

“你可以说，你也不知道我出去干什么了。”

但他十分清楚王志生知道他是要去监狱。虽然罪行是在贝兰达犯下的，可却要在贝兰达哈鲁审判，皆因那里的监狱并不适合关押白人女性，克罗斯比太太于是被押送到了新加坡。

她被领进探监室以后，她伸出自己纤细的、独一无二的手，朝他愉悦地笑了一下。她一如既往地穿着整齐质朴，浓密的浅色秀发梳得一丝不苟。

“我没有想到今天上午能见到您。”她和善地说。

她的模样好像在自己家一样，乔伊斯几乎以为她会唤来仆人，吩咐他去调一杯金苦艾给客人送过来。

“您好吗？”他问。

“谢谢您，我现在身体是最佳状态。”她眼中闪过一丝戏谑，“这里是休息疗养的绝佳地点。”

看守退了出去，只剩他们俩。

“快请坐。”蕾斯利说。

他拉了一把椅子坐下，有些不是很清楚开场白该怎么说，她这样冷静，让他几乎没办法开口把自己这次的来意对她明说。她虽然样貌平平，但是举手投足间自有一种怡然自得。她气质优雅，这种优雅是来自良好的教养，丝毫没有社交界的惺惺作态。你只要看着她，就能知道她曾同什么样的人来往，曾经的生活环境是哪样。她的娇弱让她有一种独特的雅致，完全没办法将她同心中模糊的罪恶怀疑联系起来。

“我很期待今天下午能见到罗伯特。”她说，语气从容、轻快（听她讲话是一件让人愉悦的事，她的声音和口音带有非常明显的自身所处阶级的特色）。“可怜的人，这次的事对他的神经来说实在是一次巨大的折磨。谢天谢地，再有几天一切就全都结束了。”

“现在只剩五天。”

“我知道。每天清晨我醒来都会对自己说‘又少一天’。”说完，她笑了，“就像我在学校时经常做的，盼着放假。”

“我刚才在想，案件发生之前，你是已经好几个星期没同哈蒙德有任何联络了吧？”

“对此我十分肯定。我们上一次见面，还是在麦克法伦家举办的网球派对上。我想，我跟他说的话不会超过两句。您知道，他们家有两个网球场，我们刚巧不在同一处。”

“您也没有给他写过信？”

“哦，没有。”

“对此您能特别肯定吗？”

“哦，十分。”她回答说，挂着一丝淡淡的笑，“我能写信给他也无非是邀请他来共进晚餐或是打网球，但是我已经好几个月没有写过这种信了。”

“有一阵，您曾经同他走得非常近。发生了什么，让您都不再邀请他了呢？”

克罗斯比太太耸了耸纤弱的肩膀。

“人们总会对故人厌倦。而且，我们其实也并没有用什么共同之处。当然，在他生病时，我和罗伯特都已经尽己所能帮助他，但是过去的一两年他健康状况良好，十分受欢迎。他有许多邀约，大部分时间都被占了，所以似乎也没必要再频繁地邀请他。”

“您确定这就是全部的原因吗？”

克罗斯比太太迟疑了片刻。

“好吧，我或许还是告诉您的好。我们听闻，他和一位华人女士同居了，罗伯特便说，他不会再邀请他来家里。我自己也亲眼见过她。”

乔伊斯先生坐的是一把直靠背的扶手椅，他单手撑着下巴，眼睛盯着蕾斯利。不知道刚刚是不是他的幻觉，她在做出这番评论时，黑色的瞳孔中突然有一瞬，大概不到一秒的时间，充斥了暗红色的光？这个效果令人震惊。乔伊斯先生在椅子上挪了挪身子。他将十指的指尖抵在一起。他非常缓慢地开口，字斟句酌。

“我想我应该告诉您，有那么一封信，是您亲手写给杰夫·哈蒙德的。”

他目不转睛地观察她。她没有动，脸色也没有变，但是隔了一段不寻常的时间才做出回复。

“过去我常常会写便条给他，请他帮点小忙；或是我知道他要去新加坡，就托他帮我捎点东西。”

“这封信是邀请他过来见你，因为罗伯特要去新加坡。”

“这不可能。我从来没写过这类东西。”

“您最好亲眼看一下。”他从口袋里掏出信，交给她。她瞥了一眼，轻哂一下，又把它还了回来。

“这不是我的笔迹。”

“我知道，据闻这仅是一份照抄了原文的副本。”

现在，她拿过来看上面的内容，她看着看着，露出了一种可怕的变化。她苍白的脸看起来变得更加可怕，最后变成了菜色。似乎面颊上的肉突然间全被抽掉，皮肤紧紧地绷在骨头上。她的嘴唇向后咧，露出牙齿，因此她的表情好似在做怪相。她瞪着乔伊斯先生的双眼，好似要从眼窝里瞪出来。他此刻似乎面对是一颗语无伦次的骷髅头。

“这是什么意思？”她轻声道。

她的嘴巴干得要死，只能发出嘶哑的声音——根本不像是人类的声音。

“这应该由您来告诉我。”他回答。

“不是我写的。我发誓，我没有写过。”

“您要十分当心您的言辞。如果原本的确是您的笔迹，就算您否认也没用。”

“这肯定是伪造的。”

“要证明这一点很困难。但是要想证明它是真的，却很容易。”

她瘦弱的身材从头到脚一阵微颤，额头渗出了大滴的汗珠。她从手袋里取出一块手帕，擦拭双手的手心。她又瞥了一眼信，斜眼扫了乔伊斯先生一下。

“信上没有日期。就算是我写的，我也全然不记得了，或许是许多年以前写的。如果您容我时间，我可以尝试回忆一下当时的情况。”

“我也留意到信上没有日期。如果这封信落到检方手中，他们一定会反复盘问下人。他们很快就能查出是否有人在哈蒙德出事那天，将这封信送去哈蒙德的手上。”

克罗斯比太太用力绞着手指，坐在椅子上摇摇欲坠。他担心她会晕过去。

“我向您发誓，我没有写过这样的信。”

乔伊斯先生沉默了一小会儿。他的目光从她心烦意乱的脸孔上移开，低头看着地板。他在思考。

“在这种情况下，这件事我们不必再过多纠结。”他终于打破沉默，一字一顿地说，“如果现在持有这封信的人，把它交到检方手上，您就必须要做好准备。”

他的话暗示他对她已经无话可说。不过，他也没有离开的意思。他在等。对他而言，他似乎等了很久很久。他没有看蕾斯利，但是他能感受到她坐着一动不动。她也没有出声。最后，还是他先开口。

“如果您没有什么要对我说的，我想我就要告辞回办公室了。”

“如果那些人看见这封信，他们会怎么理解信上的意思？”这时，她问道。

“他们会认为您精心编造了一个谎言。”乔伊斯先生凌厉地回答。

“什么？”

“您曾咬定自己至少有三个月没有联络过哈蒙德。”

“整件事对我而言是一次很可怕的惊吓。那个糟糕晚上的一切都是一场噩梦，就算有一件事没记住也并不十分奇怪。”

“那真是太不幸了，您在讲述自己同哈蒙德会面的情况时，每一个微小的细节都记得清清楚楚，但是却忘了那样重要的一件事——他在自己出事当晚来您的别墅见您，是在您的热切邀请下。”

“我没有忘。发生了那种事，我很害怕提起它。我以为，如果我承认了他是因我的邀约而来，那么你们恐怕没有一个人会相信我说的话。我要说，这种做法于我而言实在太蠢，可我失去了理智，我既然已经说过了我和哈蒙德没有联络，那么便只能死守这种说法不松口。”

至此，蕾斯利已经又恢复了她那令人钦佩的冷静，她对上乔伊斯先生审视的目光，眼中一片坦诚。她的温和很能打消别人的疑心。

“那么，您就需要给出解释，为什么要选罗伯特不在的晚上邀请哈蒙德来见您。”

她转头直视律师。如果他发现此时这双眼泛起晶莹泪光不是错觉的话，那么他认为这双眼纯真无害、十分和善，便也不是错觉。她的声音微微带了一丝哽咽。

“我本来是想要给罗伯特准备一个惊喜。下个月就是他生日。我知道他很想要一把新枪，而您也清楚我对这方面十分愚钝。我想找杰夫商量一下。我原本以为可以托他帮我顶一把。”

“或许信中的内容并不能完全证实您的说法。您要不要再看一下？”

“不，我想不用了。”她飞快地说。

“在您看来，这样一封信，会否是一位女士写给某个已经疏远的熟人，全因她想要和他咨询购买枪支事宜的那种吗？”

“我要说，这信写得的确过于放纵和情绪化。您知道，我常常会写这样的信。我已经做好了十足准备，来承认这样的写法非常愚蠢。”她笑道，“但说到底，杰夫·哈蒙德也并不完全属于疏远的熟人。他生病的时候，我像母亲一样看护着他。我之所以趁罗伯特不在的时候邀请他过来，是因为罗伯特不会让他进来家里。”

乔伊斯先生厌烦了在同一个地方坐这么久。他站起身，在房间里踱步往返了一两趟，琢磨下面的话要怎么说；随后，他扶着之前那把座椅的椅背。他语气非常严肃地，缓缓说道：

“克罗斯比太太，我想要非常、非常认真地跟您谈一下。这个案子目前为止都顺风顺水。只有一点，在我看来，是需要好好解释一下的：就我目前判断，您在哈蒙德倒地以后，对他开了至少四枪。一位娇柔、害怕、总是习惯克制的女士，一位生性温和、本质高贵的女士，却屈服于完全失控的狂乱，这种可能性很难令人信服。不过，当然，这种可能是允许存在的。虽然杰夫·哈蒙德很受人喜欢，并且拥有很高的威望，我还是准备好了替您辩护，证明他的确是会犯下您控诉他重重恶行的人。并且在他死后，调查发现他和一位华人女士同居是事实，这也给了我们一定的依据，可以剥夺掉人们对他产生的所有同情。我们已经下定决心，要利用所有受人尊敬的人心里因这件事而对产生的厌恶之情。我今天早上还跟您的丈夫说，我很有把握令您无罪获释，我这样说并不是为了让他放心。我不相信陪审团已经提前有了决议。”

他们看到彼此眼中深处。克罗斯比太太一动不动，就像是被蛇施展魅力震慑住的小鸟。乔伊斯继续用刚才那种平淡的语气说下去。

“可这封信却将案子的局面推向完全相反的方向推去。我是您的法律顾问，在法庭上代表的是您。我相信了您对我讲的故事，我还要根据这些情节来为您辩护。我可能相信您的供词，也有可能仍有疑问。法律顾问的职责是说服法庭，之前提供的证据并不足以得出裁决有罪的结论，但他对自己的委托人是有罪还是无罪，完全不重要。”

突然，他在蕾斯利的眼中看见一闪即逝的笑意。他很震惊，觉得自尊心受伤，继续说的时候有些冷淡：

“您不能否认哈蒙德是在您的催促下来到您家，或许甚至可以说，是一种歇斯底里的请求？”

克罗斯比太太犹豫了片刻，似乎在考虑。

“他们可以证明这封信是贵府某个仆人送去他家的。仆人是骑着自行车去的。”

“您不能将其他人想得都不如您聪明。这封信会将他们引向怀疑之路，而这本不必进入他们的头脑中。我不会告诉您，当我看到这封抄本时的想法。我也不希望您跟我说其他事情，除非能将你的脖子救下来。”

克罗斯比太太尖叫一声。她跳起来，吓白了脸。

“您不会以为他们要绞死我吧？”

“如果他们得出的结论是您杀死哈蒙德不是因为自我防卫，那么陪审团的职责会让他们得出有罪的裁定——谋杀罪名成立。而法官的职责就是判处您死刑。”

“可他们能证明什么呢？”她喘着粗气问道。

“您知道，我不知道他们能证明什么。我也不想知道。可如果他们的疑心被勾起，如果他们开始提出调查，如果本地人被找来盘问——会发现什么呢？”

她突然间垮掉了。她倒在地上，他没来得及接住她。她晕了过去。他在房间里找水，但是没有找到，可他又不想有人来打扰。于是他将她在地上放平，跪在她身边等着她醒过来。她睁开眼睛的时候，他在那双眼中见到的微弱恐惧令他惊慌。

“先不要动。”他说，“您缓一会儿就好了。”

“您不能让他们绞死我。”她小声说。

她开始哭泣，歇斯底里那种，而他则压低嗓音极力想要令她安静下来。

“看在老天的分上，请您冷静下来。”他说。

“请给我一分钟。”

她的勇气令人赞叹。他能够看出她在努力重新克制自己，很快，她就镇静多了。

“现在请帮我起来。”

他伸出手，拉着她站起来。他扶着她的胳膊，来到座椅前。她疲惫不堪地坐下。

“请给我一两分钟，不要和我说话。”她说。

“好的。”

到了最后，她开口说了一些他没想过能听到的事情。她轻叹一声。

“我恐怕自己已经把事情全都搅乱了。”她说。

他没有回答。又是一阵沉默。

“有没有可能拿到那封信？”最后，她说。

“如果持有那封信的人不准备卖掉它，那么我也不认为自己能收到这个消息。”

“是谁拿着呢？”

“那位住在哈蒙德家里的华裔女性。”

蕾斯利的颧骨上立刻泛出一片红点。

“她要的价码很高吗？”

“我想她非常清楚这封信的价值。我对能否把它拿回来表示怀疑，除非掏出一大笔钱。”

“您准备让我被绞死吗？”

“难道您以为弄到一份不受欢迎的证据是那样简单吗？这无异于收买证人。您没有权利对我提出这样的要求。”

“那时我会怎样？”

“司法会彰显它的公正。”

她脸色惨白，打了一个小小的冷战。

“我把自己全权交到您手里。当然，我也无权要求您做任何不适当的事。”

乔伊斯先生没有再还价，因为她的声音里含了一点点哽咽，让她习惯性的自制产生了一种令人无法承受的动容。她用那双谦逊的眼看着他，他想要是自己拒绝了她，这眼神是否会追随他此后的余生。毕竟，没什么能让可怜的哈蒙德再活过来。他琢磨着这封信真正的来历是什么。仅凭它，就得出她并非一时冲动下杀了哈蒙德这个结论并不公平。他在东方生活了很长一段时间，对职业荣誉的感觉或许也不如二十年前那样强烈。他盯着地板。他拿定主意，要做一些自己明知不那么正义的事情，但是话却梗在他喉咙里，他觉得自己对雷斯利有一种逼仄的厌恶。这令他有些耻于开口。

“我不是十分了解，您丈夫的财力如何？”

她的脸腾地一下泛起玫瑰般的红晕，飞快地瞥了他一眼。

“他有很多锡矿的股份，还持有两三个橡胶园很少一部分股份。我想他应该可以筹到钱。”

“他一定会先弄清这笔钱的用途。”

她沉默了片刻，似乎在思考。

“他还爱我。为了救我，他可以做出任何牺牲。有必要让他看到这封信吗？”

乔伊斯微微皱眉。她很快察觉，继续劝他。

“罗伯特是您的老朋友。我不是再请您为我做什么，而是在请您拯救一个单纯老实的男人，让他免于受到伤害，他可是从未伤害过您。”

乔伊斯没有回复。他起身告辞；而克罗斯比太太以一种自然而然的优雅姿态，伸出自己的手。她因为此事受到惊吓，面容憔悴，但是她依然做出勇敢的尝试，彬彬有礼地送别他。

“您真是太好了，要替我解决这样麻烦的事。我真不知道该如何开口，告诉您我有多么感激。”

乔伊斯先生回到事务所。他坐在办公室，一动不动，什么工作都没有处理，陷入沉思。他的思绪令他产生许多奇怪念头。他微微打了个寒战。最后，门口如他所愿地响起了谨慎的敲门声。

王志生走了进来。

“我准备出去吃午餐了，先生。”他说。

“好的。”

“我不知道出去前，您是否还有事要吩咐我去做，先生。”

“我想没有。你跟里德先生重新约了时间吗？”

“是的，先生。他下午三点的时候到。”

“很好。”

王志生转身，走到门口，他修长的手指握住了门把手。这时，似乎是经过三思之后，他转回身。

“您有什么话需要我转告给我的朋里吗，先生？”

虽然王志生的英文讲得非常漂亮，但他在发字母R这个音的时候依然有困难，总是说成“朋里”。

“什么朋友？”

“就是关于克罗斯比太太写给已故的哈蒙德的那封信，先生。”

“哦！我都忘了。我和克罗斯比太太提了一下，她否认自己写过类似的信。很明显，那是伪造的。”

乔伊斯先生从口袋里掏出抄本，把它递给王志生。王志生没有理会他这个动作。

“如果是这样的话，先生，我想如果我朋里将这封信交到检方代表手里，也不会有人反对吧？”

“没有。不过我不是十分明白，这样做对你朋友有什么好处。”

“先生，我的朋里认为维护司法正义是他的职责。”

“如果有人希望履行自己的职责，那么我是这个世界上最不会干涉他的那个人，志生。”

律师的眼睛和华裔雇员的眼睛四目相对。现在双方的唇角连一丝笑意都没有，他们都十分明白对方的意思。

“我非常理解，先生。”王志生说，“不过据我对罗伯特·克罗斯比这宗案子的研究，我倾向于认为类似这封信般的东西可能会毁了我们的当事人。”

“我总是对你的法律敏感有很高的评价，志生。”

“我正好想到，先生，如果我能劝动我的朋里，让他去游说那位华人女人把信交到我们手里，那样或许能够免去很大一摊麻烦。”

乔伊斯先生百无聊赖地在吸墨纸上画着人像。

“我猜您的朋友是一位生意人。你认为他在什么情况下会同意交出这封信呢？”

“信不在他手里，在那位华裔女士手里。他只是这位女士的一位亲戚。她是个很无知的人；她并不知道这封信的价值，直到我朋里告诉了她。”

“他为这封信估价多少？”

“一万块，先生。”

“我的天哪！你到底是怎么想的，认为克罗斯比太太能筹到一万块！我告诉过你，那封信是伪造的。”

他说话的时候，抬头看着王志生。这位员工并没有被他的怒意撼动。他站在桌子旁边，文明、冷静、机警。

“克罗斯比先生拥有勿洞橡胶园八分之一的股份，还有吉兰丹河橡胶园六分之一的股份。我有个朋里，可以在他做过财产抵押之后，先把款放给他。”

“你真是交游广阔，志生。”

“是的，先生。”

“好吧，你可以跟他们说，让他们见鬼去吧。我绝对不会建议克罗斯比先生，出超过五千块的价格去买一封非常容易就能解释清楚的信，多一分都不行。”

“那位华人女士并不想要卖这封信，先生。我朋里花了很长时间来游说她。如果没有刚才那个数，一切都白费。”

乔伊斯看着王志生，看了至少三分钟。这位员工迎着这探寻、审查的目光，丝毫不觉得尴尬。他站在那里，态度恭敬，双目低垂。乔伊斯很了解自己的员工，心想，志生是个聪明人啊，不知道他能从中分得多少好处。

“一万块是一笔非常大的数目。”

“克罗斯比先生一定更愿意支付这笔数目，而不是看着自己的太太被绞死，先生。”

乔伊斯先生再一次沉默下来。这个志生究竟还知道多少没有说出口？如果他这样明确地表示出不愿意讨价还价，那么他一定对自己的立场很有信心。那个数目必定是精心计算过的，无论是谁在背后设计了这件事，都会知道这是罗伯特·克罗斯比能够拿出来的最大数字。

“那位华裔女性现在何处？”乔伊斯先生问。

“她此刻暂住在我朋里的家里，先生。”

“她可以过来这里吗？”

“我认为最好还是您去找她，先生。我可以今晚带您过去，她把信交给您。她是一位非常无知的女性，先生，她搞不懂支票。”

“我没有想过要给她支票。我会带上银行本票。”

“如果没有一万块，那只能是在浪费宝贵的时间，先生。”

“我完全明白。”

“我吃完午饭之后，会去知会我朋里一声，先生。”

“很好。你最好今晚十点，在俱乐部门口等我。”

“非常乐意，先生。”王志生说。

他朝乔伊斯先生微微一躬身，走出了房间。乔伊斯先生也出门去吃午餐。他走去俱乐部，不出所料，看见了罗伯特·克罗斯比。他坐在拥挤的人头攒动的桌子旁，乔伊斯先生从他身边经过，寻找空位时，拍了拍他肩膀。

“你走之前，我有两句话要跟你说。”他说。

“好呀。你吃完以后来找我就好了。”

乔伊斯先生已经想好，要怎么跟他循循善诱。他吃过午饭，打了一局桥牌，就为了耗时间等俱乐部里人潮渐渐散去。他不希望在自己的办公室里见克罗斯比，告诉他这件特别的事情。此时克罗斯比来到棋牌室，在旁观战，直到牌局终了。其他几个玩牌的人都各自有事离开了，只剩他们二人。

“发生了一件相当不幸的事情，老伙计。”乔伊斯说，极力做出一副尽可能随意的口吻，“说是您太太曾经给哈蒙德送去一封信，邀请他在他被杀当晚来家里。”

“但这不可能啊。”克罗斯比叫起来，“她不是一直说跟哈蒙德早已没有联络。据我所知，她好几个月没见过他了。”

“事实证明，的确是有这么一封信，在跟哈蒙特同居的那位华裔女士手里。您太太本意是想为您生日挑选礼物，希望哈蒙德能帮她去跑一趟。但是悲剧发生之后，她情感上遭受了刺激，完全忘了这回事；而既然第一次已经否认她同哈蒙德有过任何联络，后面她也就不敢再说自己犯了这样的错误。可以肯定的是，这的确是非常不幸的，但我敢说这并非不正常。”

克罗斯比没有讲话。他红彤彤的大脸上显出一副全然不解，乔伊斯先生顷刻间松了一口气，但又很气恼他这样缺乏领悟力。他真是个傻子，乔伊斯先生没有耐心跟蠢货打交道。但是他因这场悲剧而遭受的痛苦，又触动了律师心中最柔软的那一块；而且克罗斯比太太请求他帮她的时候，用对了办法，让看在她先生的分上。

“我必须要告诉您，如果这封信辗转落到检方的手中，那情况就非常尴尬了。您太太说了谎，那么她就会被要求来解释这个谎言。如果哈蒙德并不是贸然闯入，不是一位不速之客，而是应邀前往府上，那么事情就会起些变化。陪审团很容易就生出犹豫不决的心思，这是一定的。”

乔伊斯先生动摇了。此时，他正面审视起自己的决定。如果这一切只是凑趣，他一定会嘲笑对方的反应，自己迈出了这样勇敢的一步，可他为之迈出这一步的那个人，对这一举动蕴含的勇气却点滴都不知晓。但凡他能深想一下，或许就能想到在这看似普通的律师履行公务的举动中，乔伊斯先生究竟在做什么。

“我亲爱的罗伯特，你不仅是我的委托人，还是我的朋友。我认为我们必须要拿到这封信，但是需要花费一笔巨资。如果不是这笔钱，我其实压根儿不愿意跟你提起这件事。”

“要多少？”

“一万块。”

“这可是很大一笔钱。现在经济不景气，再加上其他七七八八的事，这可以说是我的全部家当了。”

“你能立刻去凑吗？”

“我想可以吧。老查理·梅多思可以借给我，只要我拿手里的锡矿股份和入股的两座橡胶园的股份做抵押。”

“那么你会吗？”

“真的有这个必要吗？”

“如果你希望你太太无罪释放的话。”

克罗斯比的脸涨得更加红，他的嘴巴古怪地垂下来。

“可是……”他找不到合适的词，脸已经憋紫了，“可是我不懂，她可以解释啊。您不是想说他们会判她有罪吧？他们不能因为她捏死一只挡路的害虫就绞死她啊。”

“他们当然不会绞死她。他们或许只会判过失杀人，或许关个三两年就出来了。”

克罗斯比惊得跳起来，红彤彤的脸上心烦意乱中掺杂着惊骇。

“三年。”

这时，似乎有件事被他迟来的聪慧领悟了。他的混沌意识中突然闪现出一道亮光，虽然过后混沌依旧，但还是保有了对这件事的记忆。看不透，但毕竟是留意到了。乔伊斯先生看见克罗斯比红彤彤的一双大手，这双因为被他用来做各种辛苦活计而变得粗糙、苍老的手，颤抖起来。

“她想送我什么礼物？”

“她说她想送你一把新枪。”

那双通红的大脸涨得更加红了。

“您需要我什么时候把钱准备好？”

此时，他的声音含着某种奇怪的东西，就好像他讲话时，有一双看不见的手掐着他脖子。

“今晚十点。我认为你可以带着钱，六点的时候到我办公室。”

“那位女士和您一起过来吗？”

“不，我去找她。”

“我可以带着钱。但我要和您一起去。”

乔伊斯先生凌厉地看着他。

“你觉得你这么做有必要吗？我认为你把这件事全权交给我处理比你自己亲自做要好。”

“钱是我的，不是吗？我要去。”

乔伊斯先生耸耸肩。

他们起身握手。乔伊斯先生好奇地看着他。

晚上十点，他们在空无一人的俱乐部碰头。

“一切顺利吗？”乔伊斯先生问。

“是的。钱我已经放在口袋里带上了。”

“那咱们走吧。”

他们逐级而下。乔伊斯先生的车子正在广场上等着，此刻夜深人静，他们朝车子走去时，王志生也从俱乐部外的暗处走出来。他坐在副驾驶席上，给司机指路。他们开过了欧罗巴大酒店，在水手之家转弯，开到了维多利亚大街。这里华人开的商铺依然在营业，闲人在街上游荡，路上穿梭的黄包车、汽车和马车，给这一幕增添了几分繁华气息。突然，他们的车子停了下来，志生转过身。

“我觉得我们从这里下车步行过去比较好，先生。”他说。

他们下了车，志生在前面领路。他们跟在他身后一两步远。随后，他让大家停下。

“先生，您在此稍等。我进去跟我朋里打个招呼。”

他走进店铺，里面有三四个华人站在柜台后面。这是那种很奇怪的店铺，一眼望去什么都没有，让人不禁好奇他们这里究竟在卖什么。他们看见他和一个身着粗布衣服的矮胖子交谈，那人胸前挂着一根大金链子，飞快地朝夜色中瞥了一眼。

他交给志生一把钥匙，志生返回来。他招呼两个在外面等候的人，闪身钻进店铺旁边的一个小门里。他们跟着他，发现自己来到了一段楼梯脚底。

“不知您二位能否稍候一分钟，容我划根火柴。”他一如既往的机灵，“二位请上楼。”

他捏着一根日本火柴在前面领路，但这微弱的火光几乎驱不散黑暗，他们跟在他后面摸索着上楼。上到二楼，他打开一扇门，进去点燃一盏瓦斯灯。

“请进。”他说。

这是一间非常小的房间，方方正正，只有一扇窗户，唯一的家具是两张低矮的中式床铺，上面铺着席子。角落里有一个大箱子，上面挂着一把精致的锁，箱子上摆着一个破旧的托盘，上面放着一管大烟枪和一盏油灯。房间里飘着一股淡淡的、辛辣的大烟味。他们坐下来，王志生给他们让烟。过了一会儿，门打开了，他们刚才看见柜台后面那个胖胖的中国人走进来。他用一口纯正的英文向他们道晚上好，然后挨着自己老乡一屁股坐下来。

“那位华裔女士在过来的路上。”志生说。

店里的小伙计端着一个托盘走进来，上面摆着一把茶壶和几个杯子，中国人请他们用茶。克罗斯比拒绝了。两个中国人低声聊起来，而克罗斯比和乔伊斯先生则沉默不语。最后，外面终于有了动静，有人低声喊了一嗓子，然后这个中国人走到门口。他打开门，说了几句，招呼一位女士进了屋。乔伊斯先生望向她。自哈蒙特死后，他听说了很多有关她的传闻，但却从没见过她。她身材稍显丰腴，没有很年轻，一张宽宽的、寡淡的脸上扑了粉，搽了胭脂，眉毛修成两条细细的黑线，但她给人的印象却是一位十分有个性的女士。她身穿浅蓝色的外套和白衬衣，整体装扮既不十分欧式也不十分中式，但脚上却穿了一双小小的中式绸缎凉拖。她脖子上也挂着一条大金链子，双手套着金镯子，耳朵上戴着一副金耳环，乌黑的秀发中插着精致的金发簪。她步态缓慢，周身透着一种女人的自信 步伐却又果断沉稳。她在床上坐下来，挨着王志生。王志生对她说了些什么，点头示意她看一下这两位白人绅士。

“信她带了吗？”乔伊斯先生问道。

“是的，先生。”

克罗斯比一言不发，只掏出了一卷五百块一张的钞票。

数出来二十张，递给了志生。

“你要不要再数一遍？”

员工数了数，把它交给那位胖胖的中国人。

“一个子儿不少，先生。”

那个中国人又数了一遍，把钱揣进兜里。他再次开口对那位女士讲了什么，她从怀里抽出一封信。她把信交给志生，志生拿眼扫了一遍。

“原本在此，先生。”他说着准备把信交给乔伊斯先生，这时克罗斯比将信夺走。

“我看一眼。”他说。

乔伊斯先生看着他读信，然后伸手去拿。

“你最好把它交给我。”

克罗斯比小心地把信叠好，装进自己口袋。

“不，我要自己保管。它可花了我一大笔钱呢。”

乔伊斯先生没有再反对。三个中国人看着这小小一幕交锋，但是他们怎么想，甚至他们有没有想法，都难以从他们冷淡的外表看出端倪。乔伊斯先生站起身。

“先生，您今晚还需要我吗？”王志生说道。

“不用了。”

他知道这位员工更希望留下来，好分取这笔钱里自己早就说好的一份。他转身对克罗斯比说：“你好了没？”

克罗斯比没有回话，只站了起来。那个中国人走到门边，替他们开了门。志生找来一小截蜡烛，点燃给他们照亮领下了楼，两个中国人将二人送到大街上。那位女士还静静地坐在床上抽烟。他们走到街边后，两位中国人向他们告辞，转身又上了楼。

“这封信你打算怎么处理？”乔伊斯先生问。

“留着。”

他们走到等候的汽车旁，乔伊斯先生主动提出要送他朋友一程。克罗斯比摇了摇头。

“我自己走回去。”他有点忸怩，脚下磨蹭地面，“哈蒙德死的那个晚上，我来新加坡有一部分原因，就是想买一把新枪，我有个熟人想要转让。晚安。”

他飞快地消失在黑暗中。

乔伊斯先生对审判结果的判断非常正确。法庭上，陪审团一致同意无罪释放克罗斯比太太。她亲自为自己辩护。她简单讲述了自己的故事，坦坦荡荡。检方代表是一位好心人，很明显，他对自己的工作并不怎么热忱。他只问了些基本问题，态度很不以为然。他作为公诉人的陈词总结，实际上更像是替辩方讲的，陪审团没用五分钟就做好了众人喜闻乐见的裁定。法庭旁听席上的民众听到裁决结果，爆发出雷鸣般的掌声，拦都拦不住。法官恭喜克罗斯比太太，她又是自由身了。

没有人比乔伊斯太太，更猛烈地表达对哈蒙德所作所为的不赞同；她是一位忠于自己好友的女士，她坚持要克罗斯比夫妇在审判后住在自己家——因为她也和其他所有人一样，对这样的结果毫不怀疑——直到他们安排好动身离开的所有事宜。毋庸置疑，绝不能再让可怜的、亲爱的、勇敢的蕾斯利再回到可怕惨剧发生的那个地方。

庭审于十二点半结束，他们回到乔伊斯夫妇府上时，丰盛的午宴早已等候多时。鸡尾酒早已备下，乔伊斯太太这价值百万的鸡尾酒是整个马来亚联合邦最有名的，用以祝蕾斯利永远健康。她是一位健谈、活泼的女士，此刻正处于极度的兴奋中。值得庆幸的是，其他人都很沉默。她对此并不奇怪；她丈夫从来不肯多说话，而另外两个可能因为经历了过分漫长的精神紧张，自然没了力气。整个午饭时间，她自己滔滔不绝，激动亢奋。最后，咖啡端了上来。

"现在，孩子们，"她愉快地张罗，"你们必须好好休息一下，用过下午茶后，我要开车带你们俩去海边。"

乔伊斯先生，这位没有特例决不回家吃午饭的人，当然是要回自己的事务所去。

"我恐怕无法从命，乔伊斯太太。"克罗斯比说，"我还要立刻动身回橡胶园。"

"不是今天就走吧？"她叫道。

"是的，现在就走。我已经太久疏于照管，有很多急事要处理。不过，如果您能先收留蕾斯利，直到我们想好后面该怎么做的话，我将感激不尽。”

乔伊斯太太刚想要挽留，她的先生拦住了她。“如果他一定要走，肯定有一定要走的理由，就这样吧。”

律师的语气中有什么东西，令她飞快地看了他一眼。她打住话头，餐桌上出现了片刻的沉默。

随后，克罗斯比再次开口。

“请您见谅，我必须立刻动身，这样才能在天黑前赶到。”他从桌旁起身，“你要来送送我吗，蕾斯利？”

“当然。”

他们一起走出餐厅。

“我认为他这样做真是太欠考虑了。”乔伊斯太太说，“他一定知道蕾斯利现在想让他陪伴着。”

“我相信，如果不是情况必须，他是不会走的。”

“好吧，我去看看蕾斯利的房间准备好没有。她一定很想好好休息，然后找点消遣。”

乔伊斯太太离开餐厅，乔伊斯先生重新坐了下来。没过一会儿，他听见克罗斯比发动了自己的车子，然后一阵喧嚣碾着花园的石子路过去。他起身朝客厅走去。克罗斯比太太就站在客厅正中，看着前面发愣，她手里拿着一封打开的信。他认出了它。她在他进来的那一刻望了他一眼，他发现她的脸色白如枯槁。

“他知道了。”她低声道。

乔伊斯先生走到她跟前，从她手里拿过信。他划了一根火柴，将信点燃。她看着信燃烧。当他再也拿不住的时候，他将信扔在铺了瓷砖的地上。他们两个看着信纸卷起，变得焦黑。最后，他伸脚把它碾成灰。

“他知道了什么？”

她长长、长长地望着他，眼中浮现出一种陌生的神情。是轻蔑还是绝望？乔伊斯先生不知道。

“他知道了杰夫是我的情人。”

乔伊斯先生没有动，也没有吭声。

“他做我的情人已经很多年。几乎是他从战场退役回来，立刻就成为我的爱人。我们都清楚，两个人必须有多小心。我们有了私情之后，我就假装厌烦这个人，他只有罗伯特在的时候，才会来拜访几次。我一般都是开车去一个只有我们两个知道的地方，然后他来见我，一个星期两到三次吧。罗伯特去新加坡的时候，他一般就直接晚上来家里，那时候仆人们都已经歇下了。我们时常幽会，从未间断，没有一个人曾经起过哪怕最微小的一丝疑心。直到最近，一年以前吧，他变了。我不知道是怎么回事。我不相信他已经不再在乎我。他一直都不承认这一点。我慌了。我逼得他发疯。有时我觉得他是恨我的。哦，如果您知道我忍受了多大的痛苦的话。我像是去地狱走了一遭。我知道他不再喜欢我，但我不肯放他走。痛！太痛苦了！我爱他。我给了他所有，他是我的命。后来，我听说他和一个中国女人同居了。我无法相信。我不愿相信！最后，我见到了她，我亲眼看见她走在庄子里，戴着金手镯、金项链，一个肥胖的中国老女人。她比我岁数还大。太可怕了！庄园里所有人都知道她是他的情妇。我从她身边经过，她看着我，我知道她知道我也是他的情妇。我给他写信。我告诉他我必须要见他。您也看过信了。我是疯了才会写它。我不知道自己在做什么。我不在乎。我已经十天没有见过他，就好像是一辈子。上一次我们分开时，他还把我拥在怀里亲吻，跟我说不要担心。可他现在从我怀里直奔她的怀中。”

她讲话时声音压得很低，语气愤慨，此时她停下来，绞着双手。

“那封该死的信。我们一直都非常小心。我写给他的信，他一般看完以后都直接撕掉。我怎么知道他单单留下了这封？他来了，我告诉他我知道了那个中国女人的事。他否认，说那只是绯闻。我已经不是我自己，我不知道自己对他说了什么。哦，我那时多恨他。我想把他撕成一片片。我说尽了能够伤害他的话。我羞辱他，我可能还朝他脸上啐了唾沫。最后，他终于说了实话。他跟我说他已经受够我了，厌烦我了，永远不想再看见我。他说他烦死了我。他还承认，那个中国女人的事是真的。他说他认识她很多年，早在打仗之前，她是唯一一个对他而言真正有意义的女人，其他人都是打发时间。他说他很高兴我知道这件事，现在他终于可以摆脱我的纠缠。后来我也不知道发生了什么，我已经不是我自己，我眼前一片红。我拿起那把左轮手枪，开了枪。他喊了一声，我发现我打中了他。他跌跌撞撞冲到了露台。我追过去，继续开枪。他倒下，我站在他身边，不停开枪，直到左轮手枪发出‘咔咔’声，我知道枪里没有子弹了。”

最后，她停下来，大口喘气。她的脸不再是人类的脸，残忍地扭曲起来，愤怒又痛苦。你永远不会想到这样一位温顺娴雅的女士能有这样恶魔似的激情。乔伊斯先生向后退了一步。

他真的被她这副模样惊呆了。那不再是一张人脸，而是一副满口胡言、模样狰狞的面具。这时，他们听见一个声音从另一个房间响起，那是洪亮、友好、欢快的声音。是乔伊斯太太。

“来呀，蕾斯利亲爱的，你的房间准备好了。你必须要好好睡一觉。”

克罗斯比太太的容貌逐渐又恢复成原来的样子。那些激情，曾被那样清晰地描绘过，此时已经消除，就好像你用手抚平一张皱巴巴的纸；顷刻间，这张面孔又变得清冷、镇定、波澜不惊。她的脸色依然有些苍白，但是嘴角已经露出愉快、友善的微笑。她又是之前那个教养良好、理性高贵的贵妇人了。

“我就来，多萝茜亲爱的。很抱歉，给你添了这么多麻烦。”

宝贝

理查德·哈伦格是一个幸福的人。虽然据《旧约·传道书》里记载的那些悲观言论，曾经说过，在这不幸的世间里幸福最是难寻，但理查德·哈伦格知道自己很幸福，并且他这样的人的确难寻。先人奉为珍宝的中庸之道已经过时，追随这种信念的人必定要忍受一些礼貌性地奚落，这些奚落之人不懂得自我克制的宝贵，不理解常识的美好。理查德·哈伦格客气地耸耸肩，觉得好笑。就让那些人危险地活吧，就让那些人在璀璨夺目的烈焰里煎熬吧，就让那些人将自己的运气押在一张翻开的牌上、行走在钢索上——这钢索或通往荣耀或通往坟墓，就让他们搏命去经营一项事业、经历一场恋情或是赶赴一次冒险吧。他既不会羡慕他们功成名就之后带来的光环，也不会在他们的努力以悲剧收场时浪费自己的同情心。

不过，千万不要据此便断言这位理查德·哈格伦是一位自私或冷酷的人。他不是。他为人体贴周到，慷慨大方，时刻都准备着拉朋友一把，而他的家境也足以令他有能力放任自己沉浸在助人为乐的喜悦中。他自己有些钱，他在内政部谋得的那个职位还能为他带来一笔不小的津贴。这份工作很适合他，稳定且愉悦。每天，他离开办公室之后便会到自己常去的俱乐部玩几个小时的桥牌，周六日去打打高尔夫。假期的时候则出国旅游，住高级酒店，参观教堂、美术馆和博物馆。他是各种首场演出的常客，频频出去吃大餐。他的朋友们喜欢他。他很好亲近，博览群书、知识渊博，并且谈吐风趣。他算不上样貌出众，外表并不是特别惊艳，但他身材高大、健美、宽阔有型，脸瘦削而睿智；因为已年近五旬，他的头发日渐稀疏，不过一双棕色眼睛里笑意依旧，牙齿也很坚固。他生来一副好体格，平时也经常保养。这世上完全找不到任何理由来质疑为什么他不该是一个幸福之人，而如果他身上具备一丝的沾沾自得，那么他或许会宣称这是自己理所应当。

他的运气甚至好到可以安全驶过婚姻里那些危机四伏、暗藏汹涌的海峡，有许多聪明的好人都曾在这里翻了船。他和他的太太，在二十出头的年纪因爱而结合，过了几年几乎可算是神仙眷侣的日子之后，两个人渐行渐远。他们两个谁都不想再继续这段婚姻，离婚是确定无疑的了（虽然理查德·哈伦格因为在政府供职，并不欢迎这样的情况），为了方便起见，他们在家庭律师的帮助下，安排了分手，他们得以自由通往各自向往的人生，而不必再受对方打扰。他们分手时，还共同表达了对对方的尊重和美好祝福。

理查德·哈伦格卖掉了自己位于圣约翰伍德的二房子，换了间公寓，距离白厅[①]随便走走就到了。公寓里有一间起

① 白厅是英国伦敦市内的一条街，它连接议会大厦和唐宁街。国防部、外交部、内政部、海军部等一些英国政府机关设在这条街及其附近，因此人们多用白厅作为英国行政部门的代称。

居室用来摆放他的藏书，一间餐厅刚好用来放他那些齐本德尔[①]式家具，一间宽敞的卧室自己住，在厨房后面还有几间下人房。他将追随自己许多年的厨娘从圣约翰伍德带了过来，不过因为不再需要大批人伺候，所有他遣散了剩下的仆人，在家政登记处征聘一位住家女佣。他非常明白自己想找什么样的，也跟中介的负责人仔细介绍了自己的需求。他想要找的这位女佣，年纪不能太轻，首先是因为年轻女性很轻浮，第二是因为别人会讲闲话，虽然他已经人到中年并且十分自律，但是门房和商铺的店主嚼舌头总是免不了的。这既是为了他自己的名声，也是为了那个年轻人的名声，所以他认为来应征的人最好到了通晓世事的岁数。除此以外，他还希望这位女佣擦得一手好银器。

他对老银器一直情有独钟，所以提出要温柔且充满敬意地对待那些在安妮女王时代某一位贵妇使用过的叉子、勺子的要求，也是合情合理。他热情好客，愿意每周至少举办一次小小的家宴，客人下不少于四位，上不多于八位。他很确信自己的厨娘可以做出令客人开心享用的一餐，他也希望自己的女佣可以在旁伺候，干净利索。以及，他需要一位能够洗熨衣物的完美仆人。他衣着考究，必须要衬得上自己的年纪与身家，他喜欢自己的衣服能适当收拾一番。他要找的这位女佣必须要会叠西裤熨领带，他还特意说明他的鞋子要一直擦得锃亮。他长了一双小脚，要费好大一番麻烦才能寻到合脚的鞋子。他有很多

① 齐本德尔（1718–1779），18世纪享誉世界的英国家具设计巨匠。其设计曾受到中国清代广式家具影响。在欧洲，他的名字甚至等同于最高家具制作工艺的代名词，后人尊称他为“欧洲家具之父”。

很多鞋子，坚持在自己把鞋脱下来的那一秒就必须把鞋挂起来。最后，就是公寓必须要保持干净整洁。同时，还要求任何前来应聘的人必须品行良好，这一点当然好理解；她必须要冷静、诚实、可靠，外表可人。而作为回报，他已经准备好提供优厚的酬劳、合理的工作时间以及充裕的假期。

中介负责人听着，眼睛都没有眨一下，她告诉他自己十分肯定能够提供合适的人选，并且给了他一长串候选人名单，这份名单证明她对他的话哪怕一个字都没有听进去。他拿过名单一个一个看。有些显然太无能，有的看着太毛躁，有的太老，其他的太年轻，有的缺乏他认为最基本的风度；这些人里没有一个是他愿意用的，连试用一下的想法都没有。他是一位和善知礼的人，他笑着拒绝了这些人的服务，与愉快相反的脸色表示出绝不后悔。他没有失去耐心。他已经准备好面试大量的女佣，直到找到那个最佳人选。

关于人生，有一件很有趣的事：假若你拒绝一切，只想要最好的，那么很可能得不到；假若你最终屈尊想要凑合一下眼前的，那么莫名其妙就会很容易得到自己想要的。就好像命运女神曾经说过的，这个人极蠢，居然奢求完美，然后她便出于自己女性的任性，一把将之甩到他腿上。一天，公寓大楼的门房对理查德·哈格伦出人意料地说了一句话：

“我听说您正在找住家女佣，先生。我认识一个人正在找活儿，她或许能够胜任。”

“您能介绍一下她的具体情况吗？”

理查德·哈伦格听人说过，别人推荐的仆人比中介推荐的可靠得多。

“我可以打包票，她很可靠。她之前几家做得都非常不错。”

“我换完衣服大概七点。如果方便，请她那时来见我。”

“好的，先生。我保证把话带到。”

他进门还没有五分钟，便听见门口有人按门铃，厨娘去应了门，回来之后告诉他说门房之前对他提过的那个人已经到了。

“带她进来。”他说。

他又点了几盏灯，以便自己能够看清楚应征者的模样。他起身，背对着壁炉站着。一位女士走进来，就站在门口，态度毕恭毕敬。

“晚上好。”他说，“您贵姓？”

“回先生，普理查德。”

“多大了？”

“回先生，三十五。”

“不错，这个年纪很合适。”

他喷了一口烟，若有所思地打量着她。她属于个子高挑的，几乎和自己一样高，不过他揣测这是因为她穿了高跟鞋。她的黑裙子很衬她的身份，举止也很不错。她拥有一副好外表，气色也十分不错。

“您能摘掉帽子吗？”他问。

她依言照做，他看见她的头发是浅褐色，梳得整整齐齐，一丝不苟。她看起来身体强健，既不胖也不瘦，如果换上合适的制服，看起来应该会非常像样。她相貌还没有美到是祸水的地步，但绝对能称得上标致，若是换一个阶级，你几乎也可以说她是一位漂亮女士。他又问了她几个问题。她的回答令人非常满意。她离开上任雇主的理由十分充分。她由一位管家一手调教出来，显然对自己的职责非常熟悉。她在上一家做的时候，已经是三个女仆中的头头，但是丝毫不介意接手一个人独立照管这间公寓的工作。她还曾经贴身侍候过一位绅士，被派去跟一位裁缝学了怎样折叠衣服。她有一点点害羞，但也称不上胆怯与局促。理查德亲切地对她提出自己的问题，而她回答得也是恳切自如，从容不迫。他对她的印象相当深刻，又问了她能找到哪些证明人。这些证明人也都令人极为满意。

“现在你可以看看这里。”他说，“我很倾向于雇用您。但是我痛恨改变，我的厨娘跟着我已经十二年。如果您适合我，而这个地方也适合您，我希望您可以留下。我是说，我不希望您来我这里做了三四个月之后，就说您准备结婚，辞职不做了。”

“这您不必太过担心，先生。我是个寡妇。我不相信我这样的人再合适婚姻，先生。我的丈夫从我嫁给他那天起，直到他去世，都从来没有上过一天班，全靠我养他。我现在想要的，只是一个好主家。”

“我比较认可您的话，”他微笑着，“婚姻是一件非常好的事情，但我认为习惯了它则是一种错误。”

她非常恰当地没有回应这句话，只是等着他宣布自己的决定。对结果，她似乎一点都不焦虑。他沉思着，如果她和外表表现得一样有能力的话，很显然她一定也非常清楚自己要找到一份工作并不困难。他对她说了自己可以提供的薪水，她似乎对这个数目很满意。他将关于此处的一些必要情况告诉她，而她的回应则令他明白这些她都早已知道。他得到这种印象，心里与其说不安，不如说是高兴；因为她在应聘之前，显然对他颇为打探了解了一番，这表现了她做事的谨慎以及超强的判断力。

“如果我雇佣您，请问什么时候能来上班？我现在急缺人手。厨娘在处理家务这方面已经竭尽她所能，我希望能够尽快落实下来。”

“哦，先生，我本来打算给自己放一周的假，不过若是能帮上一位绅士的忙，我也不介意把假期取消。如果方便，我可以明天一早就来。”

理查德·哈伦格露出自己迷人的微笑。

“我不愿您放弃休假就来上班，我敢说您盼望这个假期已经很久了。我这里的情况再忍上一周也无妨。您尽管去休假，等到结束再来我这里好了。”

“非常感谢您，先生。那么我就下周的明天来报到，如何？”

“非常好。”

她离去之后，理查德·哈伦格觉得自己干了一整天的活儿。不过看样子，他似乎是找到了自己一心想要找的人。他按铃叫来厨娘，对她说自己终于雇到了一位住家女佣。

“我想您会喜欢她的，先生。”她说，“她今天下午的时候来过，跟我聊了一会儿。我立刻就看得出她很清楚自己的职责，她和那些毛躁的家伙不一样。”

“我们除了试一下没有别的办法，杰迪太太。我希望您替我找了一个好人。”

“哦，我跟她说了您十分挑剔的，先生。我也说了，像您这样的一位绅士，希望家里能够井井有条。”

“这我承认。”

“她说了她不介意这些。她还说，她就喜欢这种条理清晰的绅士。她说，如果自己做事情恰当妥帖却没人知道，根本毫无满足感。我想您会发现，她对自己的工作有一种罕有的自豪之情。”

“这正是我希望她能够做到的。我想我们或许还是知足常乐吧。”

“哦，当然喽，先生，道理的确是这样。布丁什么味道，总要尝了才知道。不过您若是问我的意见，我认为她会是一个真正的宝贝。”

而事实表明，这正是对普理查德最精确的评价。从来没有人被人这样舒服地伺候过。她把鞋子擦得亮闪闪的功夫十分惊人，他在晴朗的早晨走路去办公室时，迈出的步伐都更加愉快，因为几乎能看见自己倒映在鞋面上的身影。她特别精心在意地照管他的衣物，他的同事都开始打趣说，他是所有公务员里衣着最光鲜的人。有一天，他提前回家，发现洗手间里晾着一排袜子和手帕。他叫来普理查德。

“是您亲自浆洗我的袜子和手帕吗，普理查德？我还以为您工作繁重，无暇理会这些。”

“如果送去洗衣房，这些东西就毁了，先生。如果您不反对的话，我宁愿在家自己洗。”

他在什么场合应该穿什么衣服，她拿捏得分毫不差，完全不用去向他确认自己在晚间要准备出来的是无尾礼服配黑领结，还是燕尾服配白领结。当他要出席一个需要佩戴勋章的派对，他便会发现自己那一排精致小勋章都已经自动别在礼服的翻领上。很快，他就不必在每个早上自己亲自从衣柜挑选要系的领带，因为他发现她早已为他准备好，而且拿出的正是他自己会选中的那一条。她的品位卓绝。他甚至觉得她可能看了自己的信件，因为她永远都知道他的日程安排是怎么样的，如果他忘了自己这个时候约了谁，甚至都不必查看自己的记事簿，因为普理查德会告诉他。她也特别明白在电话里自己和谁讲话该用何种语气。除了跟商户讲话时她的语气比较强硬，平时她都十分温和有礼。不过，她在接待哈伦格先生的密友和内阁大臣的太太时，举止截然不同。她本能地知道他希望同谁讲话，不愿同谁讲话。他有时坐在客厅，能听见她用诚挚沉着的态度向来访者保证主人不在家，然后她会反身进来，向他禀报那个谁谁谁刚才来登门拜访，不过她觉得他可能不希望被人打扰。

“非常好，普理查德。”他笑着说。

“我知道她只是为了那场音乐会的事儿来麻烦您。”普理查德回答说。

他的朋友通过她来和他约时间，她会在每天晚上他回来以后，向他汇报自己做了什么。

“索姆斯太太来拜访，先生，她问您八号周四是否能同她一起午饭，不过我说您感到非常遗憾，因为你那天已经约好同韦辛德女士共进午餐。奥克利先生也来访过，他问您下周二六点是否要出席在萨沃伊举办的鸡尾酒会。我说您如果能去就一定参加，不过或许要去看牙医。”

“非常好。”

“我觉得您可以到时候看情况再定，先生。”

她将公寓打扫得一尘不染。有一次，还是她刚刚入职侍候他的不久，理查德度假回来，从书架上拿出一本书，立刻注意到上面的灰被掸过。他按了铃。

“我忘了告诉您，我不在家的时候，无论什么时候都不要碰我的书。这些书被拿出来掸过灰之后，从来没有被放回原位过。我不介意这些书落土，最痛恨就是要看的时候找不到。”

“非常抱歉，先生。”普理查德说，“我知道有些绅士是很挑剔的，所以我很小心，每本书都是从哪里拿的，就摆回到原位。”

理查德·哈伦格瞥了一眼书架。就他目前所见，每本书都还在自己原本的位置。他笑了。

“我向你道歉，普理查德。”

“这些书上落了一层灰，先生。我的意思是，您要是翻开，手必定会被这些灰尘弄脏。”

她也特别会保养他的银器，就好像他之前从未保养过似的。他觉得自己有必要就此好好夸奖她一番。

“您知道，这些银器大部分是安妮皇后和乔治一世时期的。”他解释道。

“是的，我知道，先生。当你遇到一些需要精心照料的好宝贝，让它保持应有的样子是一种荣幸。”

“您对此相当有一套。我从未见过有管家，能像您一样将银器保持得这样好。”

“男人总不如女人有耐心。”她谨慎地回答。

一等到他认为普理查德已经熟悉了自己的工作，他便重开了自己钟爱的小家宴，每周一次。他已经发现了，她知道如何侍候在餐桌旁，但是当他意识到她筹备宴会的能力有多么强，还是觉得有一点兴奋。她手脚麻利，不言不语，十分有眼力见。在普理查德走到一位宾客身边，将他需要的东西递给他之前，这位宾客根本不觉得自己有这种需要。她很快就掌握了他极为亲密朋友的品位，记住了有一位喜欢在威士忌里加水而非苏打，而另一位特别钟爱啃羊腿上的关节。她非常清楚如何将肘部冰冻起来以免失了它的风味，以及红酒要放在房间里醒多久才能端上宴席。看她用优雅的动作将勃艮第红酒从瓶子里倒出来，却不打搅宾客，实在是一种享受。有一次，她端上来的酒并不是理查德点名要的。他便略微苛责地朝她指明这一点。

“那瓶酒我是开了的，先生，可它略微染了些木塞味，所以我去拿了这瓶香贝坦，我认为这一瓶更稳妥。”

“非常好，普理查德。”

目前，他已经将这件事交到她手里由她全权负责，因为他发现她非常了解自己的客人会喜欢哪种酒。就算没有他吩咐，只要她认为那些宾客是属于知道自己喝的是什么的那一群，她也能找出地窖里最好的红酒和年份最久远的白兰地奉上。她不相信女士的味蕾，所以一旦宴会上有女士出席，她便会准备好香槟，这些酒开瓶之后必须抓紧喝掉。她有着英国仆人区别不同阶级的本能，头衔或是金钱都不能蒙蔽她的双眼，妨碍她识穿此人并非一位绅士。

不过，她在他的朋友中间很受欢迎，当她特别偏爱的客人前来赴宴，她就会露出猫扑向金丝雀似的神情，将哈伦格先生用于特殊场合的珍藏佳酿拿出来一瓶，给他斟上。他看了觉得很有趣。

“老弟，你真是入了普理查德的眼。”他说道，“她愿意用这瓶酒招待的人可不多。”普理查德变成了一个标准。很快，她就被大家公认为是一位完美的女佣。人们嫉妒哈伦格雇用了她，好似他们就不嫉妒他别的事似的。她值得用跟她体重相等的黄金来换，她的价值比红宝石还高。每逢别人夸赞她，理查德·哈伦格便志得意满起来。他欢快地说：“有好的主人，才会有好的仆人。”

一天晚上，宾主坐在各自的座位上，看到她走出房间，便开始谈论起她。

“她如果离开你的话，肯定是一场灾难。”

“她为什么要离开我？倒是也有一两个人想把她从我这里挖走，但是她都拒绝了。她知道哪里才是她最好的归处。”

“过不了几天，她就会找个人嫁了。”

“我不认为她是这种人。”

“她是个长得十分不错的女人。”

“是的，她五官十分端正。”

“您说什么呢？她可是一位非常出挑的尤物。但凡她生在另一个阶级，肯定是社交界远近闻名的美人，各大报纸会抢着登她的照片。”

此时普理查德刚好端着咖啡走进来。理查德·哈伦格看着她。每天看着她进进出出，到现在已经四年了——我的天哪，时间过得可真快——他真的忘了她长什么模样。她似乎和同他第一次见她时没怎么变模样。和当时相比，她没有长胖，还是气色红润，不变的样貌依然带着一副兼具了专注而又疏离的神情。黑色佣人服很适合她。她走出了房间。

“她很优秀，这一点毋庸置疑。”

“我知道。”哈伦格回答道，“她很完美。没有她，我一定会不知所措。而最奇怪的是，我居然不怎么喜欢她。”

“为什么不？”

“我想是因为她令我觉得有些无聊。您知道，她不怎么说话。我时常想跟她聊天。而她只有在我跟她讲话的时候，才会答一两句，但是也就到此为止。四年里，她从来没有主动发表过自己的看法。我对她一无所知。我不知道她是喜欢我，还是彻底无视我。她就像一个机器人。我尊敬她，欣赏她，信任她。她拥有这个世界上每一个优点，我常常也会想到底是为什么我能对她这样无动于衷，我认为一定是因为她和魅力完全搭不上边。”

他们听完，没有再言语。

这件事之后，又过了两三天，鉴于普理查德晚上不在，而自己又没有约会，理查德·哈伦格便去自己常去的俱乐部吃晚饭。一个听差的仆人走过来对他说，他们刚刚接到他公寓打来的电话，说他出门的时候没有带钥匙，问要不要乘出租把钥匙给他送过来？他伸手摸兜。钥匙的确没带。也是凑巧，他出门吃晚饭之前，换了这件蓝色哔叽西服，钥匙忘在之前的衣服兜里了。他本来是想再打两局桥牌，不过今晚俱乐部休息，不大可能再玩这种体面的消遣；他突然想到这是一个绝佳的机会，去看看那部他听别人谈论过的电影，于是他叫男仆替自己回话，半小时后自己回去取钥匙。

他按响家里的门铃，普理查德走来开门。她手里拿着钥匙。

“您怎么会在这里，普理查德？”他问，“您今天晚上放假，不是吗？”

“是的，先生。不过我放不放假无所谓，所以和杰迪太太说，可以跟她换班。”

“您有机会应该出去走走。”他说道，一如既往的体贴，“您总是拘在这里，对您而言没有好处。”

“我有时候会出门办事，不过上个月我都没有在晚上出去过。”

“这到底是为什么？”

“哦，自己一个人出门并不怎么愉快，而且我暂时也不认识有谁是我愿意和他一起出去的。”

“您应该时不时出去找点乐子，这对您有好处。”

“我或多或少已经没有这种习惯了。”

“这样吧，我正好要去电影院。您愿意和我一起去吗？”

此景此景之下，他的语气十分亲切，而他的话出口后的那一刻，又觉得带点后悔。

“好的，先生，我很愿意。”普理查德说。

“那就一起吧，去戴上帽子。”

“我去去就回。”

她消失在门口，而他则走进客厅，点上一支烟。他觉得自己的所作所为有点好笑，但也有点高兴；自己毫不费事就给人带去快乐的感觉真不错。普理查德个性使然，既不惊讶也不忸怩。她只让他等了五分钟，回来时他留意到她还换了裙子。她穿着一条蓝色连衣裙，他想材质应该是人造丝的，头上戴了一顶小小的黑帽，帽子上别着一枚蓝色的别针，脖子上围了一条银狐皮。他看见她的打扮既不寒酸又不浮夸，微微松了一口气。任谁撞见，也不会想到这是内政部有名的公务员带着自己的女佣去看电影。

“很抱歉让您等这么久，先生。”

“没有关系。”他和蔼地说。

他替她开门，让她先自己一步出去。他记起路易十四与宠臣之间那段家喻户晓的轶事，非常欣赏她毫不犹豫走在自己身前这一点。他们要去的电影院距离哈伦格先生的公寓并不很远，所以他们两个便散步过去。他谈论天气、公路的情况和阿道夫·希特勒，普理查德做出恰当的回应。他们抵达时，上映的《米老鼠》刚刚开场，两人看得兴致勃勃。在她侍候自己的四年间，理查德·哈伦格几乎没怎么见过普理查德的笑容，现在他却能听见她大珠小珠落玉盘般的欢快笑声。他很享受她这种快乐，随后便又将大部分注意力放回到银幕之上。电影很好看，他们两人看得十分激动，甚至忘了呼吸。他从自己口袋里掏出烟盒自己点燃一根，自然而然地把烟盒让给普理查德。

“谢谢您，先生。”她说完，从中抽出一根。

他替她点上烟。她的眼睛还盯着银幕，对他的举动几乎没有意识。电影结束，两个人随着人群鱼贯而出，来到大街。他们两个朝着公寓的方向走回。今晚的星空真璀璨。

“您喜欢这部片子吗？”他问。

“非常喜欢，先生。真的是太有趣了。”

他突然想起一件事。

“顺便，请问您吃过晚饭了吗？”

“没有先生，我还没来得及。”

“您不觉得饿吗？”

“回去以后我可以给自己弄点面包奶酪，再冲一杯可可。”

“听起来太可怜了。”此时空中弥漫着一种愉悦，而在他们周围蜂拥而过的人群中，里里外外，似乎都充满一种令人舒适的喜气洋洋。他对自己说，干脆吧，一不做二不休。“要不这样，您愿意陪我找个地方吃一点东西吗？”

“我听您的，先生。”

“那么走吧。”

他叫了一辆出租车。他觉得自己真是乐善好施，而这种感觉他一点都不讨厌。他吩咐司机去牛津大街的一家饭店，那里气氛很不错，而且他有信心在那里绝没有碰见熟人的机会。那里有乐队，客人可以跳舞，普理查德看了一定会开心。他们坐下来之后，服务生走了上来。

“这里有晚餐的套餐。”他说，觉得她应该会喜欢。“我建议我们就要套餐好了。您想喝点什么？来一点白葡萄酒吗？”

“我更中意要一杯姜汁啤酒。”她说道。理查德·哈伦格给自己要了一杯苏打威士忌。她享用晚餐，胃口非常不错，不过哈伦格并不饿，于是便让她连同自己的那一份一起吃了。他们刚刚看过的影片，令二人有了谈资。他们那天晚上说得完全没错，普理查德的确是一位长得不错的女士，甚至就算被人看见他们两个在一起，他也不会觉得介意。如果他对自己的朋友们讲述，他是怎么带着无与伦比的普理查德看电影，然后再吃晚饭，一定是个很不错的故事。普理查德看着舞池中起舞的人，唇角溢出一抹淡淡的笑。

“您喜欢跳舞吗？”他问。

“我做姑娘的时候，是少有人能比的舞者。不过结了婚之后，就没有再跳过了。我丈夫个子比我略微矮一点，不知怎么，我总觉得这样看起来不般配，除非是和一位比我高的绅士跳舞，您应该明白我的意思吧。我想，再过不久，我就老得不适合再跳舞了。”

理查德当然要比自己的女佣高一点。他们两个一起应该很般配。他很喜欢跳舞，而且跳得非常不错。不过他踌躇起来。他不希望普理查德因为自己要邀请她跳舞，而感到尴尬。或许，还是不要太过逾越得好。可又有什么关系呢？她的人生那么无趣。她自己又很敏感，如果她认为这样是一个错误，他非常确定她会找到一个体面的借口。

“您想下场跳一支吗，普理查德？”当乐队再次奏响音乐，他问道。

“我的舞步恐怕已经生疏了，先生。”

“那又有什么关系呢？”

“您不介意就好，先生。”她沉着地回答，从位子上站起身。

她没有一丝羞涩，只是害怕自己可能跟不上他的舞步。他们在舞池起舞。他发现她跳得非常不错。

“哦，您跳得十分不错，普理查德。”他说。

“自然而然就想起来了。”

虽然她算得上身形高大的女士，但是脚步轻盈，而且天生具备一种节奏感。她是令人十分愉快的舞伴。他朝墙上排列的镜子瞥了一眼，忍不住暗自想到他们两个人一起看起来多么般配。他们的目光在镜中交汇，他想着不知道她是不是也有同样的想法。他们两个又跳了两支舞。随后，理查德·哈伦格提议说两人该回去了。他付了账，两人走出饭店。他留意到她穿梭在人群里，丝毫不觉得自己身份低微。他们上了一辆出租车，十分钟之后便开到了家。

“我从后面上去，先生。”普理查德说。

“没这个必要。跟我一起坐电梯吧。”

他搀扶着她上楼，冷冰冰地瞥了门房一眼，如此门房便不会觉得他带着自己的女佣这么晚回来是什么奇怪的事，他掏出自己的弹簧锁钥匙打开门，将她让进公寓。

“那么，晚安，先生。”她说，“非常感谢您。我今晚过得十分愉快。”

“谢谢您，普理查德。要是只有我自己的话，今晚一定非常无趣。希望您今晚玩得愉快。”

“非常愉快，先生，我已经无法用言语表达。”

这是一种成功。理查德·哈伦格很满意自己。对他而言，这是他做过的一件善事。能令人感到发自内心的真正的愉悦，是一种非常惬意的感觉。

他被自己的善心温暖，有一刻他感到自己心里涌起一股对全人类的极大爱意。

“晚安，普理查德。”他说。因为他心里觉得幸福美好，于是他伸出手臂圈住她的腰，吻上了她的唇。

她的唇瓣非常柔软。那双唇贴着他的唇流连忘返，她回吻了他。这样发自内心的拥吻很温暖，而且是来自一个在人生最美好年华中的健康女性。他很高兴这一点，于是又将她搂得更紧了些。她伸出双臂，缠上了他的脖子。

按照平时的规矩，他不到普理查德把信送进来不会醒，但是第二天一早七点半，他就醒了。他涌起一种自己并不熟悉的好奇心。他平时睡觉时习惯两个枕头摞着一起枕，此刻他突然意识到现在自己只枕了一个。随后他记起了昨晚的事，震惊地打量四周。另一个枕头就在自己枕头旁边。谢天谢地，上面没有人，但是有被人枕过的痕迹。他的心一沉，开始冷汗涟涟。

“我的天哪，我怎么会那么蠢！”他大声叫道。

他怎么会做出那么蠢的事情？他到底中了什么邪？他可是最不可能玩弄女佣的那种人！这是多么丢脸的事！他这个年纪，他这个身份。他没有听见普理查德悄悄离开，一定是他睡得太死了。他甚至并不是特别中意她，她不是自己喜欢的类型。而且，他那天晚上也说了，她对他而言太乏味。到了现在，他对她的了解也仅仅限于她姓普理查德，他甚至不知道她的名字叫什么。多疯狂！现在该怎么办？继续留她是不可能了。很显然他不能留下她，可是也不能把她赶走，因为这是两个人共同犯的错，这样做好像太不公平。就因为一个小时的荒唐，就失去了一个人所能雇用到的最好的女佣，多白痴啊！

“我这见鬼的滥好心。”他哀吟道。

他再也找不到人能如此细致地照料自己的衣服，能如此出色地擦拭自己的银器。她知道自己所有朋友的电话号码，而且她还懂酒。不过，当然，她必须要走。她一定也明白，在经历了昨天的事情之后，情况就再也不一样了。他会送她一份漂亮的大礼，给她写一封卓越的介绍信。此刻，她随时都有可能进来。她会谦卑恭敬吗，会一如既往吗？还是她会装腔作势？甚至或许她根本不会再劳烦自己亲自来送信。如果他最后不得不按铃，进来的人却是杰迪太太，并且对他说："普理查德还没起，先生，她从昨晚一直睡到现在。"那可就太糟了。

"我怎么会这么傻啊！我怎么这么卑鄙无耻下流啊！'

门口有人敲门。他焦躁得要命。

"进来。"

理查德·哈伦格是一个非常不幸的人。

普理查德踩着钟摆的点走进来。她穿着印花裙子，这是她每天早上惯常的穿着。

"早上好，先生。"她说。

"早上好。"

她拉开窗帘，把信件和报纸递给他。她的脸上面无表情，看起来和往常一模一样。她的动作还是一如既往的从容不迫，干练十足。她既没有避开理查德的目光，也没有可以探索的地方。

"您今天要穿灰色的那身吗，先生？昨天刚从裁缝那里取回来。"

"好的。"

他假装在看信，但是却偷偷觑眼观察着她。她背对着自己，取出他的背心和内裤，把它们搭在椅背上。她从衣架上取下他昨天穿过的衬衣，挂上一件新洗净的，然后又拿出几双新洗的袜子，把它们和相配套的吊裤带一起并排放在座椅垫上。

紧跟着她找出他那身灰色西装，将背带扣在裤子背面的扣子上。她打开他的衣柜，想了一会儿，选了一条和西装匹配的领带。她将前一天穿的西服搭在胳膊上，将鞋子用鞋楦撑好。

“先生，您是现在用早餐，还是洗过澡之后再用？”

“现在用吧。”他说。

“好的，先生。”

她动作非常慢而轻，从容不迫地从房间退出去，脸上还是从前那副严肃、恭敬、疏离的神情。昨天的一切或许只是一场梦。从普理查德的言谈举止中，找不出一丝一毫昨晚荒唐事的痕迹。他放下心来，叹了口气。现在没有问题了。她不用走，不用走了。

普理查德是完美的女佣。他知道，她对于两人之间的关系曾经有一刻超越了主仆这件事，一个字都不会说，一点表示都不会有。理查德·哈伦格是一个非常幸福的人。

在劫难逃

我同船长握手，他祝我好运。然后我来到下甲板，这里挤满了乘客，有马来人、中国人，还有迪雅克人，我一路走到梯子旁。从船侧探头望下去，我看见自己的行李已经放在了渡船上。那是一条又大又蠢笨的帆船，巨大的横帆是扯起竹席充当的，上面坐满了比手画脚的当地人。我顺着梯子爬下去，人们立刻给我腾出一个空位。我们离岸约有三英里，强劲的海风吹拂而来。随着越来越靠近岸边，我看见海边椰子林一片葱郁，透过林间，还能窥见村庄的褐色房顶。一个中国人用英语指点给我，那座白色大宅便是民政长官的官邸。不过他不知道的是，我此行便是要去同那位长官一起。我口袋里有一封介绍信，就是写给他的。

登岸之后，行李放在脚边，我站在白花花的沙滩上，一股凄凉之感油然而生。我一路奔波来到这个偏远之地，这座婆罗洲北海岸的小镇，一想到自己要和一个完全陌生的人表明我要在他房檐下睡觉、吃他的东西、喝他的威士忌，直到另外一艘船来接我到下一个要去的港口，就觉得有些羞于启齿。

但是当我抵达官邸，呈上介绍信，一位身体强健、面色红润、性格活泼、年纪约莫三十五岁的人走出来热情迎接我的时候，我这些顾虑好像全都一扫而空。他握住我的手，让一个仆人送上酒来，然后又唤了一个仆人来照看我的行李。他打断了我的道歉。

“仁慈的上帝，老弟，您不知道我有多高兴能招待您。千万别觉得住在我这儿是给我添麻烦。事实正好相反。您想住多久就住多久，干脆住上一年好了。”

我朗声大笑。他将日常政务抛在一边，安慰我说他其实也没什么要紧事是不能留到明天再处理的，然后就在一把长椅上躺了下来。我们攀谈起来，边喝边聊。天最热的时段过去之后，我们还出发去丛林里长途跋涉了一番，回来的时候身上已经被露水湿透。洗澡更衣后无限舒爽，随后我们用了晚膳。我筋疲力尽，然而我的主人很明显还想拉着我聊上一整宿，我不得不向他告饶，恳请他应允放我上床睡觉。

“好吧，我陪您一起去房间，看看是否一切安排妥当。”

那是一间两侧都带露台的大房间，家具不多，但是中间有一张特大号的床，四周蚊帐掖得严严实实。

“这张床很硬。您介意吗？”

“完全不。而且很庆幸，今晚我终于不用睡在浪涛上。”

我的主人看着床，若有所思。

“上次睡在这张床上的，是一个荷兰人。您想听一个有趣的故事吗？”

我很想先上床，但他是主人，而且我的幽默感也多少让我知道，憋了一个有趣的故事要讲却遍寻不到听众有多痛苦。

“他来时坐的船和您今天坐的是同一艘，上次他沿海岸航行时，来到我办公室，打听驿站客栈的地址。我跟他说这里可没有客栈什么的，不过如果他无处可去，我也不介意招待他。他欣然接受了这份邀请，我跟他说可以先把行李送过来。

“‘我的行李都在这儿了。’他说。

“他举起一个黑色的小手包。看着略寒酸了些，不过这也不关我的事，于是我便对他说请他先行一步来官邸，我处理完公事之后立刻过去。我正说这话的时候，办公室门刚好打开，我一位下属走了进来。那位荷兰人是背对着门的，可能是我的下属开门有点突然。总之，这位荷兰人大叫了一声，跳起来将近两英尺高，还掏出一把左轮手枪。

“‘你这是在做什么？’我问。

“他看见来人是我下属，整个人才放松下来。他倚着我的办公桌，喘着粗气，整个人抖得好像在发烧打摆子。

“‘请您原谅，’他说，‘全赖我的神经。我的神经实在是太糟糕了。’

“‘看样子的确是。’我说。

“我待他相当不客气。实话和您说，我真希望自己没有邀请他来我家暂住。他看起来不像是喝多了的样子，我甚至开始怀疑他是不是警察的通缉对象。如果他真是，我对自己说，必定不会蠢到直接走进狮子窝。

“‘您最好赶紧去躺一会儿。’我说。

“他告辞离开，我回到官邸，发现他就这么悄无声息地坐在露台上，但是身子挺得笔直。他已经洗过澡、剃过须，换了一身干净衣服，整个人看起来相当有模有样。

“‘为什么您这个姿势坐在这里？’我问他，‘您挑张长

椅躺下会更舒服。’

“‘我还是坐着的好。’他说。

“怪人，我心想。不过就算一个人在这样炎热的天气里，宁肯坐着也不躺着，那也是他自己要操心的事。他样子不算好看，个子高高大大，身宽体阔，脑袋四四方方，头发粗硬，剃成了毛寸。我想他应该年近四旬。而给我留下最深刻印象的，就是他的神情。他的眼神，那是一双蓝色的眼睛，特别小，这些都令我诧异；他耷拉着一张脸，有种要哭的感觉。他有个习惯动作，总是飞快地朝自己左后方瞥一眼，好像觉得听见了什么动静。上帝作证，他真的是神经兮兮的。但我们喝了两杯之后，他开始健谈起来。他的英语讲得十分不错；如果不是带了轻微的口音，你肯定想不到他是外国人，我打心底承认他是一位很不错的聊天对象。他游历广阔，博览群书。听他讲话是一种享受。

“当天下午，我们喝了三四杯威士忌，然后又喝了许多金苦艾酒，这样到了用晚膳的时候，我们两个人已经打得火热，我得出一个结论，他娘的，这家伙可真不赖。当然了，晚餐过程中我们也喝了许多威士忌，我刚好手里还有一瓶法国廊酒，于是我们之后又喝了几杯这种利口酒。我忍不住想着之前我们两个人都绷得太紧了。

“最后，他终于告诉了我他来此地的原因。那是一个十分古怪的故事。”

主人家停下来，看着我，嘴巴微张，好像是刚刚才记起这桩典故，再一次被这故事的古怪所震撼。

“这个荷兰人之前在苏门答腊岛，他好像对一个亚奇人做了什么事，这个亚奇人发誓要弄死他。一开始他并没有放在心上，但是那亚奇人试了两三次以后，这件事就变得相当讨厌了，于是他便想自己最好离开避避风头。他去了巴达维亚，打定主意要好好过一阵子。可当他才到那儿一个星期，他就看见那家伙在一堵墙后面鬼鬼祟祟。我的天哪，那家伙在跟踪他。看样子他是来真的了。荷兰人想，这件事可能远不止是玩笑那么简单，他觉得自己最好是开溜到苏腊巴亚去。然后呢，有一天他在大街上闲逛，你知道那种大街人有多少，他无意间回了一下头，看见那个亚奇人就一声不吭地静静站在他身后。他吓得转身就跑。换了是谁，都会吓得转身就跑。

“荷兰人直接跑回旅店，打包行李，跳上下一班开往新加坡的船。当然了，他找了家范威克住下，所有的荷兰人都住这家酒店。有一天，他在酒店的前庭小酌，那个亚奇人就那样胆大妄为地走进来，盯着他看了一分钟，然后又离开。荷兰人告诉我说，他已经吓瘫了。那家伙如果掏出那把蛇刀在他身上到处戳，他压根儿连抬手反抗的力气都没有。荷兰人知道那家伙只是在等时机，他娘的，那个土著是真的要杀了他，他从那人的眼神里看出来了；他彻底崩溃了。”

“他为什么不报警呢？”我问。

“不知道。我猜这属于他不希望让警察掺和进来的那种事。”

“可他到底对那个人做了什么？”

“我也不知道。他不肯告诉我。不过从我问他时他的神情来看，我猜应该是某种非常恶毒的事。我有个想法，他自己很清楚，无论那个亚奇人对他做什么都是他自作自受。”主人家点上一根烟。

“接着呢。”我说。

“新加坡-古晋航线的船长，在游轮休航的时候也下榻在范威克，游轮天亮就要启航。荷兰人觉得这真是从那家伙眼皮底下逃走的天赐良机；他就把行李留在酒店，自己跟船长一起走到港口，做出他是给船长送行的模样，直到船开也没有下来。从那以后，他的神经就不行了。只要能摆脱亚奇人的追杀，他什么都不在乎。到了古晋，他觉得十分安全了。他在一家休养所开了个房间，在华人开的商店里买了几身西装和衬衣。但是他跟我说，他不能睡。他一闭眼就梦见那个人，有七八次他醒来的时候都以为那把蛇刀已经割破他的喉咙。天可怜见，我真的非常替他难过。他跟我说的时候，身子一直抖，声音也因为恐惧沙哑得很。这就是我刚才留意到那副表情背后的原因。您还记得，我刚才跟您提到过他的神情，却不知道因为什么吧。哦，是因为恐惧。

“有一天，他在古晋一家俱乐部里，看见窗户外面正坐着那个亚奇人。他们四目相对。荷兰人直接瘫倒在地，晕了过去。他醒转过来，第一个念头就是快逃。哦，您知道，古晋那个鬼地方交通并不发达，带您来的那条船是唯一能让他有机会赶快离开的交通工具。他上了船，乐观地认为那家伙并不在船上。”

“可是，是什么促使他选了这里呢？”

“哦，那艘旧游轮沿着海岸线航行，经停十几个地方，那个亚奇人不可能猜到他会选这站下船，这是因为他也是在发现只有一条渡船带游客上岸之后，才打定主意下船的。渡船上的人总共超不过十二个。

“‘在这里，无论从哪方面看，都是最安全的。’他说，‘如果能让我安安静静待上一阵子，我的神经应该就能复原了。’

“‘您想住多久就住多久。’我说，‘您在这里，准保安然无事，那艘船要等下个月才会再来，如果您愿意，我们可以一起去看看上岸的都有哪些人。’

“他把一切都告诉了我。看得出来，说出来后，他整个人都轻松了。

“时间已经很晚了，我向他提议我们应该进屋去。我领他来到他的房间，看看是否一切都准备妥当。他锁上了浴室的门，插上了百叶窗的插销，虽然我跟他讲了什么危险都不会有，但我走出房间之后，听见他还是锁上了我刚刚从中出来的那扇门。

“第二天早上，仆人给我送来早茶，我问他有没有去请荷兰人起床。他说他正要去。我听见他把门敲了又敲。有意思，我心想。仆人用力捶门，但还是没有回应。我觉得有一点紧张，于是便起了床。我也帮着敲门。我们敲门的声音大得就算是死人也该听见了，但荷兰人还没反应。于是我破门而入。蚊帐整整齐齐地掖在床四周。我拉开蚊帐。他就平躺在床上，睁着眼。他死得透透的，一把蛇刀横着划过他喉咙插在上面。如果您愿意，可以说我是骗子，但我向上帝发誓，绝无虚言。他身上别的地方一个伤口都没有。房间里也没人。

“很有趣吧，嗯？”

“哦，这要取决于您对有趣的定义。”我回答道。

主人家飞快地瞥了我一眼。

“您不会介意睡这张床的，是吗？”

“呃，不介意。不过我情愿您明早再给我讲这个故事。”

露易丝

我一直想不通为什么露易丝还要费心纠缠我。她不喜欢我，而且我也知道，她在背后，以自己特有的温和方式，不放过任何能够讲我坏话的机会。她圆滑得很，绝对不会直接表述出来，只要带那么一点暗示，叹那么一口气，美丽的双手微微那么一摆，便得以明白无误地表达清楚自己的意思。她是明褒实贬别人的高手。的确，我们两个相识差不多二十五载，但要我相信她能被这种所谓的故交影响，根本是无稽之谈。她认为我是一个粗俗、野蛮、愤世，且平庸的人。我的疑惑则是她居然没有采取正常流程，直接放弃我。她并没有做那种事；事实是，她根本不肯放过我：她不断邀请我和她一起用午餐、晚餐，每年还要邀请我一到两次和她一起到郊外的别苑度周末。

终于，我认为自己猜到了她的动机。她惴惴不安于怀疑我不信任她；而如果这就是她讨厌我的原因，那么同样便也是她频频找我相陪的原因：她觉得若是只剩我一人看她如跳梁小丑般是一种羞辱，除非我承认自己错了、被驯服了，她才能平和。也许她或多或少知道我看穿了她面具背后的真面目，而正因为我这样极个别，更坚定了她的决心，早晚我也会将那张面具当作她的真颜。我拿不准她是不是个彻头彻尾的骗子。我也觉得好奇，她是否像骗过全世界那样骗过了自己，她心底是否也曾闪现过一丝荒谬。若有，或许有可能她是被我吸引过来的，因为两个骗子大概可以互相吸引，彼此心知肚明我们共享一个瞒着其他所有人的秘密。

我与露易丝相识之时，她尚未婚配。那时的她是一个孱弱、精致的少女，一双大眼充满了哀愁。她的父母以一种焦灼的爱护供养着她，似乎是因为某场大病过后——我想是猩红热——令她心脏衰竭，她不得不极精细地照顾自己。当汤姆·梅兰特向她求婚时，二老简直大惊失色，皆因他二人坚信她太脆弱，根本承受不来婚姻的艰辛。然而他们手头并不是特别宽裕，刚好汤姆·梅兰特又很有钱。他发誓为了露易丝自己什么事情都肯做，最终夫妇俩才肯将露易丝托付给他，就好似交托圣物一般。

汤姆·梅兰特是一个身强体壮的大块头，长得一表人才，也是一名运动好手。他对露易丝十分宠溺。鉴于她心脏衰弱，他不敢奢望她能一辈子相伴在自己左右，于是下定决心要尽己所能保证她余生幸福快乐。他放弃了自己擅长的运动爱好，不是因为她希望他如此，她是很高兴他能去打打高尔夫、打打猎的；他放弃是因为就那么凑巧，他只要打算离开她超过一天以上，她的心脏病就要发作。而如果两人产生了分歧，她都会立刻让步迁就于他，因为她是一个男人能够娶到的性情最为柔顺的太太，只不过她的心脏总是辜负她，她便卧床不起，甜美可人、绝不抱怨地躺上一个星期。他不可能那么混蛋地惹她生气。那么他们便会就谁应该退让做一番小小的争执，他赢得十分艰难，才最终劝服她答应还是按她自己的意愿行事。我有一次偶然间看见她如愿完成了自己想达成的徒步远征八英里的壮举，便对汤姆·梅兰特提出，她比别人想象的要强健。他摇摇头，叹了口气。

“不不，她是真的很脆弱。她看过全世界最好的心脏专家，他们都说她现在命悬一线。但她有一股不服输的心气儿。”

他对她说了我对她耐力的评价。

“明天我就会为此付出代价。”她用自己那种幽怨的口吻对我说，“我可能已经站在死神的门口。”

“有时候，我认为您其实十分强健，足以完成您想要做的事。”我小声说。

我曾经留意到，如果某个派对很有趣的话，她能跳舞跳到凌晨五点；但如果派对很无聊，她就会觉得身体不太舒服，汤姆就不得不早早带她回家。我想她并不喜欢我的回答，不过她还是朝我露出一丝悲伤的微笑，我在她那双大大的蓝眼中看不到丝毫笑意。

“您应该不会盼着我暴毙只为了取悦您吧。”她回答道。

露易丝比她先生长寿。他是在某一天被冻死的，当时他们坐船出海，露易丝需要裹上船上所有的毯子保暖。他给她留了下一大笔丰厚的遗产，以及一个女儿。露易丝伤心欲绝。她能挺过这个打击活下来，实在是一件奇事。她的朋友还以为她会很快追随可怜的汤姆·梅兰特迈进坟墓。他们真心替她的女儿艾里斯感到难过，她可能会变成一个孤儿。他们对露易丝加倍关心，他们不肯让她动一个手指，坚持要尽己所能免去她的麻烦。他们不得不如此，因为若是烦她起来做一点累活或是让她有一丁点不便，她的心脏病便会复发，重新站在死神的门口。她说，没有男人照顾的话，她自己不知道该如何是好，她的身体这么脆弱，她不知道要怎样抚养亲爱的艾里斯长大。她的友人问她为什么不再婚。哦，她打心底里觉得这还用问吗，虽然她知道亲爱的汤姆当然会希望她这样做，或许这也是她能为艾里斯所做的最好的事情；可有谁会愿意费心照料她这样一个不幸的病人呢？可奇怪的是，不止一个年轻人表示自己已经做好了十分的准备，愿意接过这个重任。在汤姆去世后一年，她应允了乔治·霍布豪斯领着她走向圣坛。他教养良好，品行正直，而且不是一文不名的穷小子。我从未见过有人如他一般感恩能得到特许，拥有来照顾这样一位孱弱的小东西的特权的。

“我命不久矣，不会麻烦你太长时间。”她说。

他是名军人，而且野心不小，但他直接请辞退役。露易丝的健康迫使她冬天必须待在蒙特卡洛，夏天必须待在多维尔。他本来有些踌躇要不要抛弃自己的军旅生涯，起初露易丝不肯答应；不过最终，她还是做出让步，一如她之前那般，而他也准备好要让自己的太太在余生的几年里尽可能地幸福快乐。

“不会很久的。”她说，“我尽量不成为你的负担。”

露易丝婚后两三年，虽然心脏依旧不好，但还是能打扮得漂漂亮亮去参加所有最有趣的派对，健健康康地去赌场，去跳舞，甚至和去每一个高大健美的年轻人调情。不过乔治·霍布豪斯就没有露易丝第一任丈夫那样精力充沛，他不得不强打起精神，灌杯烈酒再去胜任作为露易丝第二任丈夫这分工作。有可能这个爱好会令他越陷越深，而露易丝肯定不喜欢他这样，万分幸运的是（对她而言）战争爆发。他重新入伍三个月后，便战死了。这对露易丝来说绝对是一个很大的打击。不过，她觉得，在这种国难当头的时刻，自己绝不能囿于个人的悲伤之中；如果说中间她发作过心脏病，也没有人听说。为了转换心情，她将自己在蒙特卡洛的豪宅改成了医院，供军官修养康复。她的友人都对她说，她受不了这种苦。

“我是会被累死，”她说，“我知道。可这又有什么关系呢？我必须要尽自己一点绵薄之力。”

这没能累死她。她从未如此快乐过。法国没有一所疗养院比她这里更受欢迎。我碰巧在巴黎遇见了她。她当时在丽兹酒店和一位高大英俊的年轻法国人共进午餐。她解释说她来这里是为了和疗养院有关的公务。她告诉我这些军官都十分迷恋她，他们知道她身子有多孱弱，一件事都不肯让她做。他们照顾她，周到得好像他们全都是她的先生。她叹了口气。

“可怜的乔治，谁会想到我这样心脏不好的人，居然比他活得还久？”

“以及可怜的汤姆！”我说。

我不知道为什么她不高兴我说这句话。她朝我露出那种幽怨的微笑，美丽的双眸饱含泪水。

“您讲话还是和过去几年里一样，好像怨恨我还能活着。”

“顺便打听一下，您的心脏已经好多了，是不是？”

“我想我的心脏从来就没有好过。我今天上午还看了一位专家，他说我必须要做好最坏的准备。”

“哦，这样，您已经做这个准备至少二十年了，不是吗？”

战争结束后，露易丝搬去伦敦定居。她现在是一位年过四十的半老徐娘，身材瘦削，孱弱依旧，一双大眼，脸颊苍白，但是她看起来年纪最多不过二十五岁。艾里斯之前一直住在寄宿学校，现在也已经出落得亭亭玉立，搬来和她同住。

“她会照顾我的。”露易丝说，“当然了，对她而言，和我这样一个病秧子同住是件苦差事，不过也就再苦一阵子罢了，我确信她不会介意的。”

艾里斯是位好姑娘。她自出生起就知道自己母亲的健康堪忧。她还是孩子时，从来不准弄出过大的动静。她一直都懂得自己母亲是绝对不能生气的。虽然露易丝此时对她说，她不愿见她为了一个烦人的老妇人牺牲自己，但是这个小姑娘就是不肯听。这并不是牺牲自己的问题，能为自己可怜的、亲爱的妈妈尽己所能，是一种幸福。她母亲哀叹一声，也就任由她去了。

“能让孩子认为她有点用处，她自己也很高兴。”她说。

“难道您不觉得她应该多出去走动走动？”我问道。

“我常常这样对她说，但我就是劝不动让她好好享受生活。天知道，我从不愿意别人因为我的缘故失去他们自己的生活。”

而艾里斯在听我劝诫她之后，说：“可怜的、亲爱的妈妈，她希望我能去和朋友们待在一起，希望我去参加派对，可是一旦我要离开，她的心脏病就要发作，所以我还是最好留在家里。”

不过最近，她恋爱了。我的一位年轻朋友，一位长相英俊的小伙子，请她嫁给他，而她也同意了。我很喜欢这个孩子，也很高兴老天赐给她这个最后的机会，让她去过自己的人生。她似乎从未设想过可能会有这样的事情。但是有一天，这位年轻人一腔悲愤地来见我，说他的婚礼要无限推迟了，艾里斯认为她不能丢下自己的母亲不管。当然了，这其实根本不关我的事，但我还是寻了个机会去见露易丝。她总是很愿意在下午茶的时候招待自己的朋友，而现在她已经上了岁数，所以来往的都是一些画家和作家。

“哦，我听说艾里斯不准备结婚了。”我等了一会儿，说道。

“这我可不知道。她只是不能如我期望的那样快结婚罢了。我甚至屈膝求她不要考虑我，但是她斩钉截铁拒绝离开我。”

“您不觉得这对她来说太残酷了吗？”

“极其残酷。虽然这情况也只能延续几个月，不过我还是痛恨想到有人要为我牺牲掉他们自己。”

“我亲爱的露易丝，您已经下葬了两任丈夫，我看不到一丢丢理由为什么您不再去多埋葬两位。”

“您觉得这话很好笑吗？”她质问我的语气倾尽了她所有的攻击。

“我想您从来不会不知道，一直以来您的健康都足以支持您做任何您想做的事情吧，您衰弱的心脏只会阻止您去做觉得无聊的事。”

“哦，我知道，我知道您一直以来都是这么想我。您从不相信我身体状况不好，对不对？”

我看着她，不躲不闪。

“是的。我认为您这二十五年来都是在虚张声势。我认为您在我认识的人中，是最自私最可怕的。您已经毁了同您结婚的那两位可怜人的人生，现在还要毁了您自己女儿的人生。”

此时，就算露易丝心脏病突发我也不会觉得惊讶。我满心认为她会恼羞成怒，但她只是朝我轻轻一笑。

“我可怜的朋友，不出几日，您一定会自己对我说这样的话打从心里觉得惭愧。”

“您是不是已经打定主意不让艾里斯嫁给这个男生了？”

“我一直都恳求她和他结婚。我知道这会杀了我，但我不在乎。没人关心我。我对大家而言，只是一个累赘。”

“您对她说过她嫁人会杀了您？”

“是她逼我的。”

“如果有人能逼您做什么事，那就说明这件事您自己并不是十分想要做。”

“她愿意的话，明天就可以嫁给她的青年才俊。如果我会死，就让我死好了。”

“哦，我们赌一把，如何？”

“您对我就没有一点同情心吗？”

“没有人会同情一个像您消遣我这样，消遣其他人的人。”我回答说。

露易丝苍白的脸颊上显出一丝淡淡的颜色，她虽然眼中充满严厉和愤怒，但脸上依然挂着笑。

“艾里斯的婚礼可以本月举行。”她说，“如果我有什么不测，但愿您和她都能够原谅自己。”

露易丝说到做到。日期敲定，奢华的嫁妆也都备妥，请柬一一发了出去。艾里斯和那位长相英俊的小伙子都喜气洋洋。婚礼当天，上午十点整，露易丝，这个邪恶的女人，心脏病又一次发作——死了。她死前温柔地宽恕了艾里斯害死自己的行为。

麦金托什

他在海里扑腾了几分钟。这里太浅没法游，他又因为害怕鲨鱼，所以不敢游太远。随后，他上岸去淋浴间冲澡，冰冷的清水让人心生感激。虽然现在才七点刚过，但在海里游泳不仅不能提神醒脑，太平洋的海水沾在身上黏腻且温热，反而会加剧人的倦怠。他擦干身体，草草披上浴袍，叫来那名华裔厨子吩咐他摆好早餐，自己五分钟之内就回来。他赤脚走过一片斑驳的杂草地回自己的住处更衣，这片草地被这里的行政官沃克，引以为豪地称为“草坪”。他很快就换好衣服，因为他只需要多穿一件衬衣和一条帆布裤，随后他便走过中庭来到厨房。里面已经有两个人在用餐，华裔厨子告诉他沃克凌晨五点就骑马出去了，要回来的话恐怕还得一个小时。

麦金托什昨晚睡得很不好，他看着面前的番木瓜、培根碎蛋，一脸嫌弃。夜里的蚊子让人发狂；它们成群结队，在蚊帐四周飞来飞去，嗡嗡嗡嗡，丝毫不懂得怜悯，气势汹汹，像是远方的风琴奏出来的一个单音，没完没了，他困到极致才终于睡去，也会猛地惊醒，觉得有一只蚊子溜进了蚊帐中。

夜极热，他赤膊裸睡，辗转反侧。渐渐地，拍打岩石的海浪那单调的轰鸣声，那不屈不挠、一进一退你平时根本就不在意的轰鸣，变得越来越清楚，那节奏敲打着他疲倦的神经，他努力克制，攥着双拳逼迫自己忍耐下去。可一想到这个声音根本不会停，想到它会一直持续直到永远，便觉得忍无可忍，然而，就像他自己的力量能与无情的大自然相匹敌似的，他又有一种疯狂的冲动想要做点暴力的事情。他觉得自己必须要努力克制自己，不然他一定会发疯。而此刻，他望着窗外的潟湖，看着其中礁石的海浪泡沫落下，他憎恨起这欢快的一幕，气得直哆嗦。天空万里无云，就像一只碗倒扣下来，将其封住。他点上烟斗，拿起一摞奥克兰报纸随意翻看，这些报纸是几天前从阿皮亚送过来的。这些报纸上最新的新闻也是三周以前的。这些新闻看了，让人觉得味同嚼蜡。

他起身走进办公室。这里又大又空，摆了两张办公桌，贴墙摆了一张长椅。有几个本地土著已经坐在长椅上，其中有两位女士。他们一边等着民政长官一边窃窃私语，麦金托什走进来，他们一同问候他。

“Talofa-li.”

他也回以问候，在自己的办公桌后坐下来。他开始奋笔疾书，撰写一份萨摩亚州长一直嚷嚷着要的报告，这份报告沃克一如既往地朝后延，根本不屑于写。麦金托什一边写，一边腹诽沃克迟迟不肯写这份报告，根本原因在于他就是个文盲，对任何与纸笔有关的事情都有一种天然无法克服的厌恶。等到报告写好，简单明了，行文流畅规范，他便会大言不惭地接过下属的工作成果，一个谢字儿都不会说，甚至还会嗤之以鼻或是说点风凉话，把它交给自己的上级，就好像这是他亲自完成的一样。他根本连一个字都写不出来——麦金托什愤愤地想着，如果沃克用铅笔加点批改，必定是措辞幼稚，文法错误一大堆。如果他提出劝告或是试图将他的意思改用高级一点的方式表达，沃克一定勃然大怒，叫嚷着：

“谁他妈要管语法？老子就想这么说，就愿意这么说。”

终于，沃克走进办公室。那几个当地人在他一进门就围了上去，试图让他立刻注意到自己，但他只是粗鲁地把他们拨开，告诉他们好好坐着，管住舌头。他威胁说，如果他们不保持安静，他就将他们全都轰出去，今天谁都不接待。他朝麦金托什点点头。

“嘿哟，小麦，终于起了？真不明白你怎么能把一天中最美好的时光浪费在床上。你应该跟我一样，天一亮就起。小懒蛋。”

他沉甸甸的大屁股往椅子里一坐，掏出一块大手帕擦着脸。

“老天，我得先喝一杯。”

他转头望向站在门口的警员，吩咐他送杯卡瓦酒来。这警员上身穿着白制服，下身裹着萨摩亚特有的印花缠腰裙，自成一道风景。办公室角落的地上放着一大钵卡瓦酒，警员走过去盛了半椰子壳，拿去给沃克。他撒了几滴在地上，对着周围小声叨了几句祝语，端壳一饮而尽。接着他便吩咐警员把酒拿去给那几个等候的当地人，按照年纪地位依次传下去，每个人都接过来做了同样的仪式，一口喝干。

然后，他便着手准备处理一天的工作。他身材不高，准确说至多只能算个中等，特别胖；一张肉乎乎的大脸 胡子刮得干干净净，脸颊的肉多得耷拉下来，下巴足足有三层；脸上小小的五官都被肥肉挤没了；如果不算后脑勺那一圈半月形的白发，就是彻底的秃头。他会令你想起匹克威克先生[①]，模样滑稽，举止可笑，可说来也怪，却不曾失去威严。他那双藏在金边大眼镜后面的蓝眸，精明而富有朝气，脸上神情坚毅十足。他已是花甲之年，但内心的活力征服了岁月，虽然身形肥胖，但行动却很敏捷，走路生风，步履沉稳，好似力求要让自己的身体烙印在地上。他讲话时，嗓门很大，语气也很粗鲁。

麦金托什被派来给沃克当助理迄今已有两年。沃克曾经在萨摩亚群岛最大的岛屿塔鲁阿当了四分之一世纪的民政长官，在南太平洋区域也算是一号人物，无论这些人是听说的，还是看见的；所以麦金托什是抱着极大的好奇心，期望着自己和他的第一次会面。出于种种原因，麦金托什在阿皮亚逗留了几个星期，才前往赴任；而他无论是在查普林酒店[②]还是在英国俱乐部，都听说了有关这位民政长官的无数故事。他现在想起自己曾经对这些感过兴趣，就觉得讽刺。因为他上任以后，这些故事他从沃克嘴里听过不下百遍。沃克知道自己是个人物，对自己响当当的名声非常自豪，总是刻意按照传说中的去办。他嫉妒自己的“传说”，忧虑你不知道他那些著名事迹的所有细节。如果有人没有完完整整地把它们讲给陌生人，他便会气得跳脚，真是可笑至极。

① 英国作家查尔斯·狄更斯的早期作品《匹克威克先生外传》中的主人公。匹克威克先生是个怀着孩儿的童真和成年的责任心的中老年男人，体态肥胖。

② 一译卓别林酒店。

沃克身上有一种粗暴的热情，麦金托什起初认为这点极富魅力，而沃克也很高兴拥有一个觉得他说一切都很新鲜、都能听得兴致勃勃的听众。他为人幽默，热情，而且体贴。对麦金托什而言，自己躲在伦敦政府机构的庇护下一直活得安安稳稳，直到三十四岁那年得了肺炎，差一点转成肺结核，迫不得已才在太平洋地区找了个职位。而沃克的人生似乎格外浪漫，他踏上冒险征途，征服一切的举动，完全符合他这样的性格。他十五岁就离开家在海上跑船，有一年多的时间都在运煤船上当铲煤工。他身材比一般人瘦小，无论水手还是大副都对他很友好，只有船长不知道为什么就是看他不顺眼，常常施以暴行，对他又踢又打，他常常被手脚上的伤折磨得彻夜难眠，因此对船长恨之入骨。后来，他在贝尔法斯特结识的一个朋友给他透露了某场赛马的内幕，他设法借来二十五磅，一股脑都压在一匹冷门的马上，赔率极高。赌输了他也不打算还钱，何况他压根就没想过会输。他觉得自己鸿运正当头。马果然赢了，他手里多了一摞一千多磅的现金。现在，他的机会来了。他打听了城里最好的律师，找到他。此时那艘运煤船正停靠在爱尔兰沿海的某个港口。他跟律师说，听说这艘船要卖，委托他替自己安排一下购买事宜。律师只觉得自己这位小委托人很有趣，他刚满十六，样子看起来更小，律师或许是动了恻隐之心，不仅答应帮他处理整个买船流程，还替他砍了个好价钱。没过多久，沃克就摇身一变，成了这条船的新主人。他回到船上，做了他口中这辈子做过的最漂亮的一件事，他找来船长告诉他这个消息，然后通知他半小时之内从自己的船上滚蛋。他将大副升为船长，开着这艘船又在海上跑了九个月，然后以高价把它卖了出去。

他二十六岁那年来到萨摩亚群岛当了庄园主。他是少数几个在德国占据时期来塔鲁阿定居的白人之一，过了不久便在当地人中间有了一点影响力。德国人任命他担任民政长官，这个位子他一坐就是二十年；等这座岛倒手落在英国人手里，他的职位依然稳如泰山。他治理这座岛时蛮横专制，但却非常成功。而这份显赫的政绩，也是令麦金托什对他感兴趣的又一原因。

但是这两个人委实相处不来。麦金托什长得很丑，手脚也笨，细高挑儿的身材，窄胸脯弓腰缩背。他脸色如土，面颊凹陷，眼睛大而阴郁。他是一个酷爱读书的人，每当他要的书寄到，包裹打开，沃克总会从自己的住处特意走过来看上一眼，然后，他便看着麦金托什，粗鄙地大笑两声。

“你买这么多垃圾到底有什么用呢？”他问。

麦金托什脸都憋紫了：“很遗憾，您会认为书是垃圾。我买这些书，是因为我想看。”

“你说你带了很多书来的时候，我还以为是送给我看的。你这儿有侦探小说吗？”

“我对侦探小说提不起兴趣。”

“那你可真是傻到家了。”

“您还能有想法，我很知足。”

每次沃克收到的包裹，寄来的都是大批大批的通俗文学期刊，以及新西兰的报纸、美国的杂志，他看见麦金托什对自己这些昙花一现的速食读物面露鄙夷，大为光火。他不耐烦读那些占据了麦金托什所有闲暇时光的大部头，觉得他读吉本的

《罗马帝国衰亡史》和伯顿的《忧郁的解剖》不过是在装样子。鉴于他从未学会过如何管好自己的舌头，所以在表达对自己这位助理看法的时候，总是畅所欲言。麦金托什这才看穿他的真面目，在浮华的好脾气之下，还有一种平民阶层的狡诈，而这令人憎恶；沃克刚愎自用而又跋扈专横，最怪的是他居然还有一点胆怯，凡是不和他脾性的人一律不喜欢。他极幼稚，单凭一个人的言语便妄下判断，并对这些人抱有疑虑，而他自己则像是解除了与上帝的誓言，满口都是下流话。傍晚时分，两个人总凑在一起打会儿皮克牌。他牌技很糟，但又虚荣，自己赢了便得意，输了就发火。难得有几个庄园主或是贸易商开车过来凑一局桥牌，沃克便露出了麦金托什认为的真性情——不尊重自己搭档，依照自己的意愿出牌，没完没了地同人争论，打击对家的方式就是扯开嗓门嚷。沃克特别喜欢悔牌，每每悔牌时还要曲意讨饶："哎，您不要跟一个眼睛快瞎的老头计较啦。"他是不是也知道，他的对家也觉得最好顺他的意，不要太过坚持游戏规则？麦金托什在旁冷眼瞧着，很是不屑。牌局结束，绅士们一起去抽烟斗、喝威士忌的时候，就会开始讲故事。沃克满怀热情地讲起了自己的婚姻。婚宴上他被灌得酩酊大醉，新娘跑了，自此之后，他再没见过她。他跟岛上的女性有过数不清的瓜葛，有些情节老套，有些猥琐下流，他边讲还不忘吹嘘自己勇猛非常，这对麦金托什挑剔的耳朵来说是一种冒犯。他就是一个粗俗、好色的老流氓。他还可怜起麦金托什，因为他不跟和大家一起分享自己的绯闻轶事，总是众人皆醉我独醒的模样。

沃克还看不惯他在办公室办公时的秩序井然。麦金托什喜欢一切都安排得有条不紊。他的办公桌总是收拾得整齐干净，文件分门别类，摞得整整齐齐，他需要什么文件一下就能找到，行政管理所需的各项规章制度也是信手拈来。

“扯淡，全都是扯淡。”沃克说，“不用这些繁文缛节，这座岛我也管了二十年，现在也用不着。”

“难道您觉得找封信要翻半个小时更轻松？”麦金托什问。

“你就是个不折不扣的呆子。不过你为人倒不坏；等你在这里待上一两年就习惯了。你现在的问题是不喝酒。如果每星期都能大醉一回就好了。”

最奇怪的事情是，沃克依然对自己下属讨厌他这件事毫不知情，而且这种不喜在麦金托什心中逐月递增。不过，沃克虽然常常嘲笑麦金托什，可一旦习惯之后，也变得喜欢起来。他有非常的雅量，可以容忍别人的独特，他接受麦金托什就像接受了一条古怪的鱼。或许沃克喜欢麦金托什，只是自己不知道，于是就拿麦金托什打趣。沃克的幽默通常局限于一系列粗俗、无伤大雅的玩笑，而他需要一个目标。麦金托什的精细、品性、节制，个个都是主题；麦金托什的苏格兰名字，让他可以趁机讲一讲苏格兰那几个讲烂的笑话；而如果还有别人在场，他更是撒了欢，拿麦金托什好一通贬损，把那两三个人逗得前仰后合。沃克会跟当地人讲一些麦金托什干的荒唐事，麦金托什虽然仍旧听不太懂萨摩亚语，但是看他们笑得欢快的样子，也知道肯定是沃克又无耻地说了自己什么。他只是好脾气地笑笑。

“我必须要夸夸你，麦。”沃克粗声粗气、声音洪亮地说，“你是个开得起玩笑的人。”

“刚才那是个玩笑？”麦金托什笑着说，“恕我没听出来。”

“苏格兰人啊哈！”沃克喊完哈哈大笑，“只有一个办法才能让苏格兰人听懂笑话，那就是做手术。”

沃克完全不知道麦金托什根本经不起开玩笑。他会在雨季憋闷的午夜醒来，闷闷不乐地细想沃克好几天前开的一个无心嘲笑。这玩笑在他心里慢慢发酵，让他很是愤怒，想象着自己报复回去的画面，用各种手段反击这样的欺凌。他其实也反唇相讥过，但沃克在言语方面很有天赋，不但巧舌如簧，说话又下流直白，这令他占尽了便宜。而他低下的理解力，使得他完全无法领悟精巧的话里藏刀。他还很自大，根本不会被随便的话语所伤。而他的大嗓门、豪放的笑声，都成了回击的武器，麦金托什根本招架不住，他悟出了自己最聪明的做法，就是永远不要露出心里的愤怒。他学会了控制自己，但他的怨恨与日俱增，最终形成了一种偏执——他怀着一种病态的警觉关注着沃克。每当他发现沃克身上的一处劣迹，每次看沃克展现出幼稚、狡诈或是粗俗的一面，他的自尊便得到一分满足。沃克的吃相很难看，狼吞虎咽，还有声响，麦金托什看着便觉满足。他将沃克说过的蠢话、犯过的语法错误，全都一一记在心里。他知道沃克不怎么看得起他，而他也能从上司对自己的评价中找到一丝苦涩的满足；这更加剧了他对那个心胸狭窄、自鸣得意的老头的蔑视。当他得知沃克完全没有意识到自己心中对他的怨恨，一种奇异的愉悦油然而生。他是个喜欢被众人吹捧的傻瓜，总爱幻想人人都喜欢他。有一次，麦金托什无意中听到沃克讲起自己。“等我磨炼他一番就好了。”他说，“他是条好狗，很爱自己的主人。”

麦金托什默默在心里狂笑了一阵，蜡黄的长脸上毫无波动。

麦金托什他并不是盲目怨恨；正相反，他头脑极为清晰，小心地评估着沃克的能力。

沃克治理这个小小的王国颇有成效，处事公正，为人坦率。他有很多挣钱的机会，但是比起他刚刚上任时，此时的他还要穷一点，唯一能指望的养老金要等到正式退休后才能到手。他很骄傲，认为自己只要一个助理和一个混血文员就能把这座岛治理好，甚至超过了乌波卢。乌波卢岛的首府是阿皮亚，那里驻扎了整整一支政府军。沃克手底下雇了几个本地土著做警员，这些人他只用来彰显自己的权威，很少会用。他的统治手段有两种：虚张声势，以及爱尔兰式的幽默。

“他们说一定要帮我建个监狱。”沃克说，“我他妈要监狱干吗？我又不打算把本地人关进牢房。如果他们犯了错，我知道该怎么对付他们。”

沃克和住在阿皮亚的高层长官最著名的一次争吵，就是整座岛都是他一个人说了算。无论本地土著犯了什么罪，他都不会把他们抓起来送交法庭审判，他曾经就此跟在乌波卢岛的长官言辞激烈地通过好几封书信，因为他将这些土著视作自己的孩子。这是这位粗鲁、鄙薄、自私的男人身上最令人称道的东西；他爱这座岛，他激情澎湃地在这里住了这么多年，他对本地土著有一种奇异的粗糙的温柔，这真是令人啧啧称奇。

他很喜欢骑着他那匹灰色的老母马四处游走，对这座美丽的小岛百看不厌。漫步在椰子林间杂草斑驳的小路上，他时不时就会停下来，欣赏一下美景。他还经常会去拜访土著的村庄，逗留一会儿，等头领给他献上一碗卡瓦酒。他还会欣赏一下村里错落有致的钟形小屋，高高的房顶茅草搭筑，像蜂窝一样，然后肥嘟嘟的脸上咧开一丝微笑。每每看着那片绿意葱葱的面包树林，他心中就很快活。

“我的天哪，这里简直就像伊甸园。”

有时候，他的坐骑会驮着他顺着海边走，他在林间瞥见广阔的大海、海天之间一片苍茫，没有一艘船来打扰这里的孤寂；有时候他会爬上山坡，大片乡野尽数收入眼底，小村落零星窝在高高的树林间，这一切都展现在他面前，就好像他是全世界的王，他会在这里坐上个把小时，狂喜不已。但他肚子里没有能够恰如其分表达他这种感觉的词汇，只好用一个下流的玩笑话来直抒胸臆；就好像他的情感太过浓烈，需要骂几句脏话才觉得痛快。

麦金托什冷眼看着他心里这点小得意，鄙视不已。沃克平时嗜酒如命，一提起那次在阿皮亚过夜，他将比他岁数小一半的人喝倒在桌底下，就很得意。他身上也有酒鬼的多愁善感。他可以被杂志上看到的故事感动得号啕大哭，但是当一个跟他认识了二十年的贸易商遇到困难向他求助时，他却拒绝给贸易商贷款。他把钱一向看得很紧。有一次，麦金托什对他说：

“不会有人责备您把钱放出去。”

他把这当作是恭维。他对大自然的热情不过是出于酒鬼泛滥的情怀。而麦金托什在自己上司对待当地人的感情这件事上，丝毫不以为意。沃克爱他们，是因为他握有权力，就像一个自私的主人爱自己养的狗；不过他的心智倒是和他们处于同一水平，他们的笑话也极为下流，那些最下流的部分，他总是一听就懂。他视他们为知己，他们也视他为知己。他很得意自己在土著中间的影响力。他待他们就像自己的孩子，所有的事务他都要掺上一脚。但他也十分爱惜自己的权威；如果说他对他们的统治是酷政，容不得一点反对，那么他决计不能容忍岛上有白人占他们的便宜。他疑心重重地观察着这些传教士，若他们做了不合他意的事，他总能设法让他们过得不顺心；就算他没有驱逐他们，他们也会很高兴自愿离开。他统治当地人，权力滔天，只要他一句话，他们便不再给牧师做工、提供食物。而另一方面，他对商人也没什么好感。他仔细地不让本地土著被商人欺骗；也要确保为商人工作的土著、向他们兜售椰子干的土著能得到合理的报酬，以及商人们没有从卖给本地土著的货物上获取暴利。凡是他认为不公的，完全不能通融。商人们有时会向阿皮亚申诉自己得不到公平的机会，那他们的苦日子就来了。沃克报复起他们来毫不犹豫，什么诽谤中伤、胡扯瞎话，张嘴就来。商人们发现，别说是过太平日子了，想要生存下来的话，都不得不接受他提出的种种条件。不止一家店铺因店主反对他而被烧毁，对这种事情唯一的贴切解释，就是这位民政长官在背后教唆的。曾经有一个瑞典的混血儿，店被烧了，便跑去沃克那里厉声控诉他是纵火犯。沃克对着他冷嘲热讽。

“你这条脏狗，你母亲是本地人，可你却想要欺骗他们。如果你那家烂透了的老店被烧了，那也是上帝的审判。就是这样，上帝的审判。滚。”

这个人被两个本地警员架了出去，这位民政长官笑得浑身肥肉乱颤。

“上帝的审判。”

现在，麦金托什看着他处理一天的工作。他先从病人开始，因为沃克把行医也列入了自己的工作内容，他在办公室后面腾了一个小房间，堆满了药。一位老人走上前来，他一头卷发斑白，裹着一条蓝色的缠腰布，满身精致的文身，皮肤皱巴巴的像酒囊。

“你怎么了？”沃克问得很唐突。

那人絮絮叨叨地抱怨说自己一吃就吐，这儿疼那儿也疼。

“去找传教士。”沃克说，“你知道我只给孩子看病。”

“我已经去过了，他们没给我看好。”

“那就回家等死。你已经活这么大岁数了，还打算活多久？蠢货。”

那人突然开始大声抗议，但是沃克指了指一位怀里抱着病儿的妇女，让她抱着孩子过来。他问了她几个问题，看了看孩子。

“我给你开点药。”说完，他转头对那名混血警员说，“去药房，给我拿两片甘汞片。”

他给孩子当场服了一片，然后把剩下的一片交给那位母亲。

“带孩子回去吧，记得保暖。明天没死的话就会好了。”

他背靠着椅子，点燃烟斗。

“甘汞，是神奇的东西。我用它救回来的命，比阿皮亚医院里的大夫救回来的加一起还要多。”

沃克对自己的医术很自豪，而且出于无知的武断，对专业人士颇不耐烦。

“我最喜欢的病人，”他说，“就是那种所有医生都认为没治放弃的。当医生对他们说无能为力救不了，我就会对他们说‘来找我’。我有没有跟你说过那个得了癌的家伙？”

“经常。”麦金托什说。

“我不到三个月就把他治好了。”

“您没治好的人也没告诉过我呀。”

沃克处理完这部分工作，就继续剩下的——可真是无奇不有，五花八门。有一个女的忍受不了自己的丈夫，还有一个丈夫抱怨自己的妻子跑了。

“你走了大运，”沃克说，“大部分男人也希望自己的老婆这么干。”

有拖延许久、十分复杂的纠纷，为了争夺几码土地的归属权的；还有不满意捕捞上来的鱼量分发的；还有来控告一名白人商人，因为他短了斤两的。每桩案子沃克都听得十分仔细，很快在心里得出结论，做出判决，后面的字儿一个都不肯多听。如果苦主还没完没了，他就会让警员把他们赶出办公室。麦金托什听着这些，一肚子闷气。或许，从大面上看，可以承认这是一种粗糙的伸张正义；但令这位助理恼火的是，他的上司相信的是自己的直觉而非证据。他根本不讲道理，每当证人说的东西不是他希望听到的，便恫吓他们，说他们是贼和骗子。

角落里还坐着最后一群人，一直被他晾着。沃克故意无视他们。这群人里有一个老酋长，身材高大，相貌威严，白短发，裹着簇新的缠腰布，佩了一个巨大的挥苍蝇的掸子作为身份象征，随同的还有他的儿子，和六七个在村里有头有脸的人。沃克跟他们有过争执，并且还赢了。依照他的脾气，他此时的做法是在彰显往昔的光荣战绩，因为他的胜利是得益于他们的无助。整件事透着古怪。沃克有一阵子热衷于修路。他初到塔鲁阿时，这里只有零星几条小路。随着时间推移，他终于在整个王国建起了路网，将所有的村子连接到一起——这是整座岛屿繁华起来的最主要原因。以前，要想将岛上的特产，主要是椰子干，运到海边装上纵帆船或是汽艇运往阿皮亚，几乎是不可能的；而现在，交通运输简单方便。沃克的野心是要建一条环岛公路，这条公路的主体基本已经建好。

“这条公路两年内就要竣工，到时候我是死了还是他们把我解雇，我都无所谓。”

他的路便是他内心喜悦的源泉，他不停地出发前往各处，巡视这些公路是否状况良好。这些路十分简易，铺上宽阔的路面，盖住杂草，从矮树丛或是林场中穿过；但是树要连根拔起，岩石要挖走或是炸碎，到处都需要填平。他自豪于当这些难题出现时，他凭借自己的本事一一克服。他得意自己在道路分布上的规划，因此这些路不只提供了方便，还可以凸显他打从灵魂里爱着的小岛的美丽。当他提起这些路，简直摇身变成了诗人。这些路蜿蜒在那片美丽的风景里，沃克十分注意细节，比如某几处的路应该修成笔直一条线，这样前方的高大树林便成了一条绿色的隧道，另外某几处地方应该转个弯，有弧度，这样富有变化才能让心灵得以喘息。这样一个粗鄙、世俗的人还会运用这样的巧思来实现理想描绘的结果，实在是令人意想不到。他修路时用的所有神奇技法，是一位日本园艺师用过的。他修路时向总部申请了一笔巨资，但最终只花了很少一点，这令他极为自豪，去年他一共收到了一千磅，他只花出去了一百磅。

“他们要钱干吗？”他气冲冲地说，“拿到钱也只会花在那些根本用不着的垃圾上。换句话说，就是传教士留下来的那些。”

或许是因为他骄傲于自己在经济方面的政绩，以及想要将自己的办事效率和阿皮亚高层烦冗的管理办法形成鲜明对比的野心，他雇来本地土著做工，报酬却几乎为零。因此，他最近和某个村子有了分歧，就是现在来见他的这位酋长所在的村子。酋长的儿子在乌波卢岛待了一年，回来就是为了按照阿皮亚公开招工的薪酬标准，给自己的村民争取更多的酬劳。经过几番漫长的闲扯，他成功点燃了村民们心中对于涨薪的欲望。他向他们描绘出一幅巨额财富的前景，他们想起了一直想买的威士忌——那玩意儿贵着呢，而且由于法律规定，威士忌不得向本地土著出售，因此他们必须出白人两倍的价钱才能买到；他们还想起了那些特大号的白檀木匣子，可以用来装宝贝，还有香皂和三文鱼罐头，以及各种肯纳卡人愿意为之出卖自己灵魂的奢侈品。因此，当民政长官找到他们，告诉他们说自己想修一条路，从他们村子开始沿着海岸线绕将近一周，报酬是二十磅；而他们开价一百磅。

酋长的儿子名叫马努马，他身材高大，相貌英俊，古铜色的皮肤，一头小卷发用石灰染成红色，脖子上戴了一个红浆果的花环，耳朵上别了一朵小花，映衬着他古铜色的脸庞，像猩红的火焰。他上身赤裸，但他去过了阿皮亚，为了表明自己不再是野蛮人，他下身没有裹缠腰布，而是穿了一条工装裤。他跟村民说，如果他们团结起来，就能逼得民政长官不得不接受他们的条件。他心系修路工程，如果他找不到工人，就只能同意他们的报价。所以无论他怎么说，村人都不能松口；他们既然要了一百磅，就不能还价，绝对不能有人动摇。

沃克听他们报出这个数字，立刻发出一连串低沉的大笑，许久未停。他派人跟他们传话说别做梦了，立刻开工。又因为他那天心情不错，所以答应等到路修完了，可以赏他们一顿犒劳宴。结果他发现他们根本没有打算开工的迹象，于是亲自来到村子里，问村里人到底在耍什么愚蠢的把戏。马努马的训练很有成效。所有人都非常冷静，他们不准备吵架——肯纳卡人其实特别热爱吵架——只是耸了耸肩膀：只要肯给一百磅他们立刻开工，如果他不给就不动。他随便怎么样都好，他们不在乎。沃克气疯了，气得脸都变了形。他短粗的脖子肿起来预示着噩兆，红彤彤的脸憋成了紫色，直吐白沫。他对着这些土著破口大骂。他很清楚怎样刺痛他们，怎样羞辱他们。他的模样骇人极了。上了年纪的村民脸色渐白，不安起来。他们犹豫了。如果不是为了马努马，以他拥有的对这个伟大世界的渊博知识，以及他们对他讥讽的恐惧，他们一定已经屈服。是马努马站出来，回应了沃克。

“付我们一百磅，立刻开工。”

沃克朝他挥动自己的拳头，用自己能想到的各种脏话骂他。他冷言冷语，准备将他刺得千疮百孔。马努马就静静地坐着，面带微笑。或许他的笑容虚张声势的成分要多过真正的自信，但他必须要在别人面前装出样子。他重复了一遍之前的话。

“付我们一百磅，立刻开工。”

他们觉得沃克一定会扑过去揍他。这也不是他第一次亲自动手去揍一个土著；他们知道他很强，虽然沃克的年纪是这个年轻小伙子的三倍，而且比他还矮了六英寸，他们还是毫不怀疑他会干掉马努马。没人想过要反抗这位民政长官的野蛮暴力行为。但沃克却没再说话，只是呵呵笑了起来。

“我才不会在一群傻瓜身上浪费时间。”他说，“你们再商量商量。我的出价你们都清楚。如果一周内不开工，全都给我当心一点。”

他转身走出了酋长的小屋，解下那匹老母马。一个上了年纪的人替他紧紧扶住马镫，方便沃克翻身上马，将沉甸甸的身子一屁股坐在马鞍上。这是沃克与土著的关系中，最经典的一幕。

当天晚上，沃克照往常习惯，在家门口的公路上闲逛，听见一个东西嗖的一声从他身边擦过，然后咚的一声打在树上。有人朝他扔东西。他本能地蹲下来。他大喊，“什么人？”朝东西飞来的方向跑过去，他听见有人穿过灌木丛逃跑。他明白，天这么黑，想追上去是没希望了，再说他可能跑一会儿就跑不动，于是他停下来沿原路返回到路上。他在路上想找一下扔过来的是什么东西，却没有找到。天实在太黑了。他飞快地回到家，叫上麦金托什和那个华裔男仆。

“那些恶魔里有人朝我扔东西。跟我来，我们去看看到底是什么。”

他叮嘱男仆拿上灯笼，三个人结伴回到事发地。他们在地上寻来找去，怎么都找不到。突然，男仆闷闷地叫了一声。他们转身去看。男仆举起灯笼，在那里，不祥的灯光下刺破周遭的黑暗，一把长长的匕首扎在一棵椰子树的树干上。扔这匕首的力道一定很大，需要好大劲儿才能把它拔出来。

“我的天哪，如果不是他没扔准，这东西就扎在我身上了。”

沃克摸着这把匕首。这是按照水手匕首模样仿造的匕首，一百年前第一个登上这座岛的白人带来了水手匕首，用它来剖椰子，好把椰肉晾成干。这把凶器，刀刃有十二英寸长，锋利异常。沃克轻轻地咯咯笑起来。

“魔鬼，那个无耻的魔鬼。”

他毫不怀疑，这把匕首是马努马扔的。刚才，他离死神只有三英寸。他并不生气，相反，他极度兴奋；这场历险振奋了他，当他回到屋里，立刻叫人上酒，自己开心地摩拳擦掌。

“我会让他们付出代价！”

他的小眼睛闪闪发光。他鼓着胸脯像只火鸡，拉着麦金托什，把刚刚那件事巨细无遗地又讲了一遍，这已经是半小时里的第二次。随后他邀请他一起打皮克牌，他们打牌的时候他又吹嘘起自己的雄心壮志。麦金托什听着，嘴巴紧抿。

“但是，您为什么要这么压榨他们呢？”他问，“您要他们做的事情，二十磅真的是太少了。”

“我给他们事情做，他们就应该千恩万谢。”

“简直岂有此理，那又不是您自己的钱，是政府拨给你的合理专款。如果你花掉，他们也不会怪你。”

“阿皮亚那群人就是一群蠢蛋。”

麦金托什认为沃克仅仅是为了面子。他耸耸肩：

“贬低阿皮亚的那伙人，自己却送了命，这对您又没什么好处。”

“上帝保佑，他们伤不了我，那些人。没有我，他们根本不行。那些家伙崇拜我。马努马就是蠢。他扔匕首就是为了吓吓我。”

第二天，沃克又骑着马进了村子。这村子名叫马塔乌图。他没有下马，而是直接骑到老酋长家，见到所有人都围坐在地上闲聊，他猜他们是在重新讨论修路的问题。萨摩亚的小屋是这样搭建的：将细木桩围成一圈，每根木桩之间间隔大约五到六英尺，正中间竖一根高木桩，在形成的斜坡上面铺上茅草做屋顶。到了晚上或是下雨的时候，用椰树叶子编织成的百叶窗可以放下来。平时木屋都是敞开的，这样微风可以自由通行。沃克骑马停在茅屋边上，喊老酋长的名字。

“哦，嘿，汤阿土，昨天晚上你儿子把自己的匕首忘在树上了。我把它送回来了。”

他把匕首丢过去，一下戳在人群中间的地上，他低低地冷笑了两声，拨转马头缓步走了。

周一的时候，他出发去看他们有没有开工。一个人都没看着。他又骑过村子。土著们依旧做着自己日常的营生。有的人在用露兜树的叶子编垫子，一个老人忙着摆弄卡瓦酒的大缸，孩子们在嬉戏耍闹，妇人们各自处理家务杂事。沃克噙着一丝笑意，来到老酋长家。

“Talofa-li.”老酋长问好。

"Talofa." 沃克回道。

马努马正在织网。他坐在地上，嘴里叼着一根烟，抬头看着沃克，露出胜利的笑容。

"你们已经想好，不打算修路了吧？"

老酋长回答道：

"除非您付我们一百磅。"

"你们会后悔的。"他转头对马努马说，"而你，我的孩子，就算你年纪轻轻就浑身上下哪哪儿都疼，我也不会奇怪。"

他咯咯笑着，骑着马走了。本地这些土著隐隐觉得不安。他们畏惧这个肥胖的邪恶老家伙，无论是传教士对他的诋毁还是马努马在阿皮亚学来的轻蔑，都不能让他们忘却他的邪恶、狡诈，让他们忘却没人能够长时间对抗他，而不反受其害的事实。不到一天，他们就明白了他的报复计划。那完全符合他的性格。

第二天早上，一大帮男女老少就涌进村子里，领头的那个对他们说，他们已经答应了沃克来修路。他给的报酬是二十磅，他们同意了。而这件事里最狡诈的地方在于，波利尼西亚人在待客方面的规矩，比各项法律还大；一条村民们必须硬性遵守的规矩就是，只要客人自己愿意留下来，主人不仅要招待住宿，还要供吃供喝。马塔乌图的村民都傻了眼。每天早上，工人高高兴兴地结伴上工，砍树碎石，四处测量水平校准，到了晚上再拖着沉重的步伐回来，痛痛快快地大吃大喝一顿，接着跳舞，唱赞美诗，享受生活。对他们而言，这就是一次郊游。没多久，他们的主人便拉长了脸：客人们的胃口实在太好了，香蕉和面包果很快被他们一扫而光；还有那些鳄梨树上的鳄梨，本来可以运去阿支亚卖一个好价，现在被摘得一个不剩。他们与破产面面相觑。他们还发现这些客人们修路的速度非常慢。他们是得到了沃克的提示，可以随便耗时间吗？按照这个进度，等到路修完，村子里的食物连渣都不剩了。更糟的是，他们成了笑柄。当村里有人去远一点的其他村办事，他就会发现，这件事早在他之前就传到了，到处都能见到嘲笑他的人。肯纳卡人最不能忍的就是被嘲笑。过没多久，受害者之间就流传出各种激愤的闲言碎语。马努马不再是英雄；他不得不忍受大堆大堆的谩骂，某天沃克之前说的话变成了现实：一番热火朝天的争论演变成一场口角，六七个年轻人架起酋长的儿子，给了他一顿好打，他浑身瘀青，哪哪儿都疼，在露兜树垫上躺了一个星期。他辗转反侧，疼痛也没能缓解。每隔一两天，那位民政长官都要骑着他那匹老母马，过来视察一下工程进展。他不是那种能够拒绝揶揄嘲弄手下败将诱惑的人，因而不会错过任何机会，来羞辱马塔乌图村民，令他们不断重温这种羞耻的辛酸。他彻底粉碎了他们的志气。一天早上，他们将自尊心揣进兜里——这是一个比喻，因为他们并没有衣服兜——做好所有准备，随外村人一起跑去修路。如果他们还想能有点食物剩下，必须要尽快把路修好，为此全村出动。但他们只是默默地干活，心中充满愤怒和屈辱，甚至连孩子都在闷声赶工。妇人们一边将砍下来的灌木担走，一边哭泣。沃克看见他们，笑得前仰后合，差点从马上掉下来。新闻飞快地传遍整座岛，岛上的人差点笑死。这是世界上最好笑的笑话，那位狡诈的白人老头再次荣登桂冠，肯纳卡人永远都避不开他；人们从遥远的村落赶来，携妻揽子，就为了看看这些将修路的二十磅拒之门外，结果现在不得不做白工的傻瓜蛋。他们越卖力，外村人就越拖沓。这些人有什么好着急的呢，他们好吃好喝，又不用干活，而且他们修路修得越久，这个笑话不就闹得越大？到最后，这些可怜的村民终于忍不了，他们今天一大早就来找民政长管，要求他下令让那些外村人哪儿来回哪儿去。如果他同意，他们也能拍胸脯保证自己把剩下的路修完，一个子儿不要。对他而言，这一仗是妥妥地大获全胜。他们认输。沃克那张大大的胖脸上闪过一丝嚣张的得意，他坐在椅子上，整个人似乎都鼓起来，好像一只巨大的牛蛙，整个儿泛出邪气。麦金托什厌恶地打了个寒战。沃克开始讲话，嗓门大如洪钟。

"我修路难道是为了我自己吗？你觉得我能从中得到什么好处？修路是为你们好，这样你们走路方便，运椰子干也方便。你们干活我还贴钱给你们报酬，这些活儿可是你们替自己干的。我还慷慨地主动要付你们酬劳。现在，你们自己付吧。只要你们把剩下的路修完，再把我答应付给他们的那二十磅出了，我就下令让马努阿的人回去。"

抗议声响成一片。他们要跟他理论，他们跟他说自己没有钱。但无论他们怎么说，他都只回以蛮不讲理的冷哼回应。这时，时钟敲响。

"吃午饭了。"他说，"把他们都轰出去。"

他沉甸甸的身体从椅子里站起来，走出办公室。麦金托什跟在后面，进餐厅时发现他已经在餐桌旁边坐好就绪，餐巾系在脖子上，一手刀一手叉，等着华裔厨子送上午餐。他兴致很高。

"他们被我打趴下了。"麦金托什落座时，他说道，"经此一役，后面修路就没什么问题了。”

“我以为您是在开玩笑。”麦金托什冷冷地说。

“你指的什么？”

“您不是真的打算让他们出那二十磅吧？”

“真的不能再真。”

“我不认为您有权这么做。”

“是吗？我倒是觉得，在这座岛上，我他妈想怎么做就怎么做。”

“我觉得您欺负他们已经够狠的了。”

沃克哈哈大笑，他才不在乎麦金托什怎么想。

“我需要你的意见时，会问你的。”

麦金托什脸色刷白。根据以往痛苦的经历，他知道此刻除了保持沉默什么都做不了，而强迫自己的后果就是头晕想吐。他吃不下摆在面前的食物，看着沃克将肉送进那张大嘴就恶心。沃克吃相很难看，跟他同坐一桌需要强健的胃功能。麦金托什打了个哆嗦，心里涌起一股极大的欲望，想要羞辱这个粗俗蛮横的人；他要用尽世间一切办法，让沃克觉得难堪、屈辱，就像他施加在其他人身上的那样。他从来没有像现在这般痛恨过这个霸王。

时间一点一滴地过去。麦金托什饭后想睡一会儿，但他心潮起伏，无法入睡。他试着看书，但是那些字全都在他眼前飘起来。阳光无情地打下来，他盼着能有一场雨。不过他也知道，下雨也带不来清凉，只能让天气变得更热更闷。他是亚伯丁人，心中突然渴望起那座城里从花岗岩大街上呼啸而过的刺骨寒风。他在这里就像一个犯人，不仅被困在沉静的大海中，还被困住他对这个可怕老人的怨恨之中。他伸手按了按头痛的地方——真想杀了他。不过他很快收拾起心思。他必须要做点事情分散注意力，既然看不下去书，不如整理一下自己的私人文件。这件事他早就想做，但总是被别的事情打断。他打开书桌抽屉的锁，拉开，从里面拿出一摞信，露出了放在最里面的左轮手枪。他突然有种冲动，想往自己脑袋里送一颗子弹，便能逃离这令人无法忍受的奴役般的生活，这个念头一闪而过，随后他飞快将它打消。他留意到，潮湿的气候让这把左轮手枪微微生了锈，他找来一块油布，开始擦拭。他正擦得专心致志，突然意识到有个人在门口鬼鬼祟祟。他抬头叫道：

“谁在外面？”

过了一会儿，马努马走了进来。

“你有什么事？”

酋长的儿子站了片刻，沉着脸，默不作声，随后他开口，好像有人卡着他脖子一样。

“我们出不起那二十磅，我们没有这么多钱。”

“我能怎么办呢？”麦金托什说，“你也听见沃克先生怎么说的了。”

马努马开始哀求，一会儿说萨摩亚语，一会儿说英语。他如乞丐一般颤抖的嗓音错落有致，如一曲哭诉的哀歌，这更加剧了麦金托什的厌烦。他义愤填膺，一个人怎么能够被折磨到如此地步。他真是一个小可怜。

“我无能为力。”麦金托什愠怒地说，“你知道这里沃克先生说了算。”

马努马又一次沉默了，但仍站在门口没有动。

“我很难受。”终于，他说道，“给我点药吧。”

“你生了什么病？”

“不知道。我就是很难受，浑身疼。”

“别傻站在那儿啦。”麦金托什厉声说，“过来让我看看。”

马努马走进窄小的寝室，站在书桌前。

“我这儿疼，这儿也疼。”

他伸手捂着自己的胯，脸上挤出痛苦的模样。突然间，麦金托什醒悟到这个孩子的目光是放在那把左轮手枪上的，马努马进来的时候他顺手把枪放在了书桌上。两人谁都没说话，麦金托什觉得这沉默可能没有尽头。他似乎读懂了这个肯纳卡人心里在想什么。他的心狂跳。随后他觉得好像有什么附上了他的身，他只能遵循那个陌生的冲动行事。他的身体并不受自己掌控，支配他行动的是一种陌生的力量。他突然喉咙发干，机械地抬手摸了摸，好帮助自己发声。他有意避开了马努马的目光。

“在这里等一下。”他说，发出的声音好像有人掐住了他的气管，“我去药房给你找点药。”

他站起身，脚底晃了两晃，这是不是他自己的幻觉？马努马默默地站着，麦金托什虽然一直没看，却也知道马努马正讷讷地看着门外。驱使他走出的房间就是附在他身上的这个家伙，但抓起一摞报纸盖在那把左轮手枪上、不让别人看见的人，却是他本人。他走去药房，找了一片药，往一个小瓶子里倒了点蓝色的药水，转身走进了中庭。他不想回自己的小屋，于是朝着马努马喊道：

“过来。”

麦金托什把药交给他，又说明了怎样服用。他不知道是什么原因，让他就是没办法直视着这个肯纳卡人。他讲话的时候，眼睛一直盯着马努马身后。马努马接过药，偷偷摸摸地溜出大门，麦金托什自己去了餐厅，又拿了一摞旧报纸翻起来。但他根本看不下去。整栋宅子静悄悄。沃克在楼上自己的房间午睡，华裔厨子正在厨房里忙着，两个警员出去钓鱼了。这种似乎将整栋宅子都笼罩起来的静谧十分怪异，麦金托什脑子里不停敲着一个问题，那把左轮手枪还在不在他刚才放的地方。他不敢走过去看。这种不确定很可怕，但是真的确定了也许会更可怕。他浑身冒汗。最后他实在忍不了这样的寂静，决定去街上走一走，到一公里外的一家小商店转转。那家店的店主名叫杰维斯。他也是个混血，但就算有一半白人血统，还是不可与之交谈。他就是想要远离官邸，远离乱七八糟铺满文件的办公桌，那些文件下面可能有东西，也可能没东西。他顺着路往前走。走过某位酋长家的精致小茅屋时，酋长出来向他问好。随后他来到那家商店。店主的女儿坐在柜台后，她是一个长得黑黑壮壮的女孩子，上身穿一件粉色的女士衬衣，下身穿一条白色的粗斜纹布裙子。杰维斯一直期盼麦金托什能娶她。杰维斯有的是钱，他跟麦金托什说自己的女婿也不会缺钱。女孩子看见麦金托什进来，脸上微微一红。

“父亲刚去后面拆箱呢，这些箱子今早才运到。我去告诉他您来了。”

他坐了下来，女孩子出门转去店后面。没过一会儿，她母亲拖着步子走了进来。她是一个身材肥硕的老妇，一位女酋长，自己手里就有很多土地；她向他伸出手。她骇人的肥胖像一种冒犯，但她设法表现出一种高贵。她热情而不流于谄媚，友善但又不失自己的身份。

“您可真是稀客啊，麦金托什先生。特蕾莎今天早上才说呢：‘怎么现在见不到麦金托什先生了？’”

他一想到自己要做这位老土著的女婿，就浑身一激灵。她牢牢把丈夫攥在自己手心里这件丑事，早就传遍四邻八舍，哪怕他有白人的血统。家里她说了算，生意上还是她说了算。在白人眼中，她或许仅仅是杰维斯太太；但她父亲可是血统纯正的酋长，她的爷爷和她的曾祖父，都曾当过这里的土国王。店主走了进来，站在威武的太太旁边显得十分娇小。杰维斯皮肤黝黑，蓄起的黑色胡须有花白的趋势，穿着帆布裤子，一双眼睛很漂亮，牙齿白得发光。他英范儿十足，说话也都是俚语，但你总觉得他讲的英语像外国人；他的母亲是本地土著，他在家里跟她都说本地土话。他待人处事总有点唯唯诺诺、阿谀谄媚。

“啊，麦金托什先生，真是意想不到的惊喜。把威士忌拿过来，特蕾莎。麦金托什先生一定愿意跟我们一起喝一杯。”

他把最近阿皮亚的新鲜事全都说了一遍，说的时候眼睛就没离开过这位宾客的眼睛，这样他或许能猜到说什么对方会高兴。

“沃克怎么样了？我们最近也没见他。杰维斯太太想要这个星期找一天，给他送一头乳猪过去。”

“今天早上我还看见他骑马往官邸去了。”特蕾莎说。

“哦，你瞧瞧。”杰维斯说着，举起自己的威士忌。

麦金托什也端起酒杯。两位女士坐在一旁看着他，杰维斯太太穿着黑色的宽大长罩衣，温和且矜持；特蕾莎只要对上他的眼神，就心慌意乱地笑一下。店主还在家长里短个没完，没来由得令人生厌。

“他们在阿皮亚的人说，沃克应该退下来了。他的年纪已经不小了。现在的情形已经跟他来岛上那会儿大不一样，但他并没有与时俱进。”

“他做得太过了。”上了岁数的女酋长说，“土著们都很不满。”

“修路的事真是好笑极了。”店主哈哈笑着说，“我跟阿皮亚的人说完这件事，他们简直笑破了肚皮。沃克这老家伙，有点意思。”

麦金托什恼怒地看着他。他这种说话的语气是什么意思？对这个混血店主来说，他怎么也应该是沃克先生吧。他想要严词斥责店主的这种无理，话都到舌尖了，但不知道为什么还是没说出口。

“他退休以后，我希望您能接任，麦金托什先生。”杰维斯说，“这座岛上的人都喜欢您。您理解本地的土著。他们已经都接受过教育，不应再按旧日的方式对待。我们希望能有一位受过教育的绅士来当民政长官，沃克不过是个同我一样的商人罢了。”

特蕾莎的眼睛亮了起来。

“到那时，如果有需要我们效劳的地方，您可以把兜里最后一块钱拿出来押上，我们绝不推托。我可以召集所有酋长去阿皮亚请愿。”

麦金托什觉得太可怕了。他从来没往这方面想过，一丁点都没动过自己接替沃克的心思。没错，他这个职位，没人比他更了解这座岛，可……他猛地站起身，匆匆告辞，原路返回官邸。一回去他就直奔自己寝室。他快速检查了一下书桌，在那堆文件里胡乱翻找。

左轮手枪不见了。

他的心脏在胸膛里扑通扑通狂跳。他四处都找遍了，沙发缝里，抽屉里。到最后，他发现再也没可能找到，绝望极了。突然，他听见沃克粗声粗气的大嗓门响起。

“麦克，你折腾什么呢？”

他直起身。沃克就站在门口，他立刻本能地转身挡住乱糟糟的书桌。

“收拾东西呢？”沃克有点迷惑，“我吩咐过他们，把那匹灰马套上车。我要去塔佛尼泡温泉。你最好随我一道去。”

“好的。”麦金托什说。

只要他跟沃克一起，就不会有事发生。塔佛尼距离此处大概三英里，那里有一处淡水池，周围用细细一圈石块垒起来和海隔开。这些是这位民政长官炸出来，给本地土著用的。岛上凡是有泉水的地方，他都要修一个这样的池子；比起黏糊糊、暖烘烘的海水，这样的淡水又清凉又醒脑。他们驾车走在无人的杂草路上，时不时碾过水坑溅起水花——这些水坑都是浸出地表的海水，又经过几座土著人的小村庄，钟形的茅草屋四下里散开，中间有一座白色的小教堂。到了第三个村子的时候，他们下了车，拴好马，步行向温泉池走去。路上有四五个姑娘和十几个小孩跟着他们。很快，他们全都跳进水池，玩闹嬉戏。沃克则裹着一条缠腰布，来来回回在池子里游，像一只笨拙的鼠海豚。他跟姑娘们开一些下流玩笑，她们则潜到他身子底下，等他想要抓住她们时再轰地散开，以此取乐。他游得乏了，就靠在一块岩石上，姑娘们和孩子们簇拥在他四周，一派欢乐大家庭的景象；而这个肥胖的，头顶光秃秃，四周一圈半月形白发像耀眼王冠的老人，看起来很像是某位古代的海神。麦金托什再一次在他眼中，捕捉到一丝奇怪的温柔。

"他们都是我最爱的孩子。"他说，"他们视我如同自己的父亲。"

说完，他停都没有停，就转头跟一个姑娘说起了下流话，逗得所有人哄堂大笑。麦金托什起身穿衣。他的细胳膊细腿显得特别滑稽可笑，就像是邪恶的堂吉诃德，沃克又开始拿他开一些粗俗的玩笑。他们吃吃笑起来，表示赞同。麦金托什七手八脚地穿上衣服。他知道自己看起来很滑稽，但他讨厌被人取笑。他站在一旁，沉默不语，怒视着他们。

"如果您想及时赶回去吃晚餐，现在就该上来了。"

"你人不坏，麦克，只是太迂腐了点。你做事情的时候，总是一件没做完就又开始惦记另一件。这不是我们的生活方式。"

但他说话的时候，还是慢慢站起来动手穿衣服。他们溜溜达达走回村子，跟酋长干了一碗卡瓦酒，欢快地跟所有懒洋洋的村民告别，赶车回到了家。

晚餐过后，依照往日的惯例，沃克都要点上一根烟，准备准备去散步。麦金托什突然一阵心慌。

"难道您不觉得现在这个时候，晚上自己一个人出去不太明智吗？”

沃克圆圆的蓝眼瞪着他。

“你什么意思？”

“还记得那天晚上的匕首吗？败在您手下的那群人。”

“嗨！他们不敢。”

“之前不就有人下手了。”

“那只是做做样子。他们不会伤害我，他们把我当作他们的老父亲，知道我不管做什么，都是为他们好。”

麦金托什看着他，打从心眼里不屑。这个人的自负激怒了他，但是有一些他不太清楚的别的因素，令他固执地继续劝说。

“还有今天上午的事呢。今晚留在家里，又不会让您掉一根头发。我可以陪您打皮克牌。”

“等我回来我们再打牌也不迟，能让我打破习惯的肯纳卡人还没出生呢。”

“那您最好允许我陪您一起去。”

“你就留在这儿。”

麦金托什耸耸肩膀。他已经几次三番警告过了，如果沃克不肯听，剩下的就是他自己的事。沃克戴上帽子，出了门。麦金托什看起书来。他后来又想起了什么，或许他找个人透露一下自己的行踪也不错。他走到厨房，找了个借口，跟妻子聊了几分钟。聊完，他又走到留声机旁边，放了一张唱片。留声机吱吱呀呀放出忧伤的曲调，歌却属于伦敦音乐厅的一出欢乐剧，他竖起耳朵听着外面夜色中的动静。身旁留声机放出的曲子欢快，歌声刺耳，但他却依然好似被一种不安的沉静环绕。他听着留声机喇叭爆音时混沌的嘶吼，他听见微风叹息，溜走，消失在椰子林的树梢中。过了多久了？真难熬啊。

他听见一声嘶哑的大笑。

“奇迹永远都有。你可是不常自己听唱片哪，麦克。”

沃克站在窗边，脸红扑扑的，面带戏谑。

“哦，你瞧我还活得好好的，活蹦乱跳。你在听什么。”

沃克走了进来。

“有点神经衰弱，嗯？听听音乐能令你精神振奋点？”

“我在听您的安魂曲。”

“你听的这是什么玩意儿？”

“《半杯苦艾酒，一品脱啤酒》。”

“的确是一首好歌。我不介意经常听。现在，我准备好打牌啦，我要让你输个精光。”

他们开始打牌，沃克作风霸道地赢了一路，连蒙带骗，连讽刺带挖苦，嘲笑对方的失误，忙着算计、恫吓他，兴高采烈。此时麦金托什已经又恢复了理智，好像他的灵魂飘出身体——如果真能这样的话，以超然的角度看着这个专横的老人，看着他自己的冷冷的缄默，从中得到乐趣。而马努马则守在某处，静候自己的机会。

沃克赢了一局又一局，等到晚上牌局结束，赢得盆满钵满，笑得合不拢嘴。

“你还要再磨炼几年才能有机会赢我，麦克。事实就是我在打牌方面非常有天分。”

“我发了你十四张大牌给你，和天分有什么关系。”

“好牌配好手。”沃克反驳道，“算我拿到你的牌，也能赢。”

他开始滔滔不绝讲起他跟臭名昭著的出千者玩牌的各种轶事，以及他是怎么把他们的钱全都赢光的。沃克自吹自擂，麦金托什聚精会神地听着。他现在只希望自己的怨恨得到滋养，沃克说的每一句话，每一个手势，都令他的憎恶更添一分。终于，沃克抬起屁股。

“哦，我要回屋了。”他打了个大大的哈欠，“明天可是难熬的一天。”

“您准备做什么？”

“我要驾车去岛的另一边。五点就得起，而且恐怕赶不及回来吃晚饭。”

通常，他们晚上七点吃晚饭。

“那么我们可以等到七点半再开饭。”

“这样最好。”

麦金托什看着他把烟斗里的烟灰磕出来。他的生命力野蛮而旺盛，想到死亡就悬在他头顶，真的是很怪异。麦金托什冷酷、阴郁的眼睛里闪过一丝微弱的笑意。

“您要我陪您去吗？”

“老天在上，我要你陪着做什么？我骑着那匹老母马就行了，她很强壮，完全驮得动我；但她肯定不愿意驮着你走上三十英里。”

“或许您对马塔乌图村民的感受了解得不全面。我觉得如果我陪你一起，会比较安全。”

沃克爆发出一阵轻蔑的大笑。

“说废话你最在行。惊慌失措这方面，我可不是一把好手。”

此时，笑意已经从麦金托什的眼里蔓延到他的唇角，将它们痛苦地扭曲起来。

“你说的是什么？”沃克问。

“拉丁语。”麦金托什回答之后，走了客厅。

现在，他可以咯咯笑出声了。他的心情非常好。他已经尽力，其他就要听天由命了。他睡了几星期以来最香甜的一觉。

第二天早上，麦金托什醒来以后就出去了。睡了一宿好觉，他觉得清晨清新的空气令人心情舒畅。海水更加碧蓝，天空更加明亮，甚至连信风都清爽起来，微风拂过潟湖，撩起一丝涟漪，就好像逆向抚过天鹅绒。他觉得自己更有力气，更年轻了。他活力充沛地开始一天的工作。午饭过后，他又睡了一觉，待到夜幕降临，他给那匹枣红色的马安上马鞍，溜达着穿过灌木丛，似乎在用一双全新的眼睛来看待周遭的一切。最棒的事情是，他可以完全将沃克抛诸脑后，好像这个人从来都不曾存在过。

他很晚才回去，刚骑完马很热，他又冲了个凉。然后他坐在露台上，抽着烟斗，看着天光一点一点从潟湖上退去。夕阳下的潟湖，玫瑰色和青紫色交织，异常美丽。他觉得自己和世界和解了，也和自己和解了。厨子跑来跟他说晚餐已经准备好，是现在用还是再等一会儿。麦金托什友善地看着他，面带笑容。他看了看手表。

“现在是七点半，还是不要等了。谁也说不好老板几点回来。”

厨子点点头，不多久麦金托什看见他端着一大碗热气腾腾的汤走过了中庭。他懒懒地站起身，踱步走进餐厅，用了晚餐。动手了吗？这种不确定逗笑了麦金托什，他在心里默默地笑了几声。晚餐似乎也不像平日那样单调乏味，甚至还有那万年不变的汉堡牛排——每当厨子新研发的菜品失败就靠它来救场——也觉得鲜嫩多汁，调味得当，好吃得很。

晚餐过后，他又懒洋洋地溜达回自己的房间，找了本书。他喜欢这种强烈的寂静，此刻夜已降临，群星在天空中眨着眼睛。他叫人去取油灯来，没过一会儿，中国佬光着脚啪嗒啪嗒跑进来，灯光刺破黑暗。他将油灯放在书桌上，悄无声息地退出房间。麦金托什站在地上好像生了根，因为书桌上，半掩在散乱文件下的，是他的那把左轮手枪。他的心痛苦地抽搐，吓了一身冷汗。真的动手了。

他颤巍巍地拿起左轮手枪。枪膛里少了四发子弹。他停了片刻，望着夜色面露猜疑，但是外面没有人。他飞快地拿出四颗子弹塞进空膛，将左轮手枪锁进抽屉。

他坐下来等。

一个小时，两个小时。什么消息都没有。他坐在书桌后面，好像在写东西，但实际上他既没写也没有看书。他只是在听。他竖起耳朵，等着从远处传来脚步声。终于，他听见外面徘徊不前的脚步声，知道华裔厨子来了。

“阿宋。”他叫道。

厨子走了进来。

“老板还没回来。”他说，“菜要坏掉了。”

麦金托什盯着他，猜着他是不是已经知道出事了；还有如果他知道出了什么事的话，会不会联想起他和沃克之前的相处情况。麦金托什继续自己的事情，有条不紊，一言不发，面带微笑，谁能猜透他心里的想法呢?

“我想他回来的路上应该吃过了，不过无论如何，汤必须保证是热的。”

这句话差一点就说出口了，突然间，沉默被一阵骚动、尖叫，以及凌乱的啪嗒啪嗒的脚步声打破。好几个本地土著冲进中庭，有男有女，还有小孩；他们挤到麦金托什周围，七嘴八舌地说着让人不知所云的话，他们又激动又害怕，有几个还在哭。麦金托什从他们中间挤出一条路，走到大门口。他虽然听不懂他们说的话，心里却十分清楚出了什么事。他走到大门口，那里停了一辆双轮小马车。一个高个子的肯纳卡人牵着那匹老母马，双轮小马车里蹲着两个人，尝试着把沃克架起来。马车四周围了一小圈本地土著。

母马被人牵进院子，随后一群土著蜂拥而入。麦金托什喊着叫他们往后站，那两个警员，天知道是从哪里突然蹦出来的，粗暴地将他们推搡到一边。此时此刻，他才设法搞明白，应该是有几个小伙子去钓鱼，回村的途中无意发现这辆马车停在浅滩上。老母马低头啃着杂草，黑暗中他们只能看出座椅和车前挡泥板之间跌坐着一团白花花的肉，是个老人家。起初他们以为他喝多了，于是笑嘻嘻地往里看，后来他们听见他不停地呻吟，觉得事情有点不太对。他们跑回村子喊人帮忙。等到他们回来的时候，足足有五十几号人，结果发现沃克中枪了。

麦金托什突然惊恐起来，他问自己沃克是不是已经死了。不管怎样，首先要把他从马车里弄下来，而鉴于沃克肥嘟嘟的身材，这变成了一项十分艰难的工作。四个壮汉才把他抬下来。他们抬着他轻轻晃动，他发出一声闷闷的呻吟。他还活着。终于，他们把他抬进屋，抬上了楼，放在他自己的床上。这时麦金托什才能好好看他，在院子里的时候，只亮着六盏防风灯，什么都看不清。沃克白色的帆布裤上血渍斑斑，抬他上来的几个人用自己的缠腰布蹭了蹭手，猩红的、黏稠的血渍沾在上面。麦金托什举起灯，他没想到这位老人的脸色白成这样，眼睛也没有睁开。他还有呼吸，脉搏也还能摸到，但显然已是奄奄一息。麦金托什没想到还会经受如此震撼心田的惊恐。他看着本地土著小文员站在一旁，便哑着嗓子惊骇地吩咐他去药房去把打针用的东西都拿过来。有个警员拿来一瓶威士忌，麦金托什往沃克嘴里灌了一点。房间里挤满了本地土著。他们坐在地上，一言不发，神情惶恐，每过一会儿就有人哭天抢地一下。屋里十分闷热，麦金托什却只觉得冷，手脚都像冰一样，他费了很大力气才勉强控制住自己的四肢不要发抖。他不知道该怎么做。他不知道沃克是不是还在流血，如果是，要怎么做才能止血。

小文员拿来了注射器。

“你来给他打。”麦金托什说，“这种事你比我熟练。”

他的头很痛，就好像各种蛮横的小东西从里面敲打他的头，想要冲出来。他们等着看打完针的效果。没一会儿，沃克慢慢睁开了眼睛。他似乎不知道自己身在哪里。

“别说话。”麦金托什说，“你已经到家了，这里很安全。”

沃克挤出一丝若有似无的笑。

“他们赢了。”他喃喃地说。

“我立刻让杰维斯开汽艇去阿皮亚。明天下午医生就能到。”

隔了很久，老人才回答他。

“那时我早就死了。”

麦金托什苍白的脸上闪过一丝惊恐。他强迫自己笑出声来。

“别瞎说！您别说话，很快就能康复。”

“给我杯酒。”沃克说，“要烈的。”

麦金托什又颤着手倒了一杯威士忌加水，一半酒一半水，他把杯子举到沃克唇边，沃克大口喝起来。酒精似乎令他活了过来，他长舒一口气，肥嘟嘟的脸上泛出一抹浅红。麦金托什只觉得彻底绝望，站在那里，盯着这位老人。

“您教我该怎么做，我去办。”他说。

“什么都不用做。别管我了，救不了的。”

他躺在床上，看起来非常可怜，原本肥硕而傲慢的老人，此刻却那样苍白、那样虚弱，令人心痛。他休息了一会儿，头脑似乎慢慢清醒起来。

“被你言中了，麦克。”他过了一会儿说，“你提醒过我。”

“我真希望我跟您一起去。”

“你是个好人，麦克，就是不爱喝酒。”

又一阵长长的沉默，很显然，沃克正在渐渐消亡。应该是有内出血，就连麦金托什这种对医学一窍不通的人，都能确定自己的上司最多也就能再撑一两个小时。他站在床边，一动不动。或许沃克闭眼躺着足足有半个小时，才又睁开眼睛。

“他们会安排你接替我的位置。”他慢慢地说，“我上次去阿皮亚，跟他们说了你很好。替我把路修完，我希望能走得安心。一定要修成环岛的。”

“我不稀罕您的职位。您会好起来的。”

沃克微微摇了摇头。

“我也辉煌过。对他们要公平，这是很重要的一点。他们都是孩子。这一点你必须时刻谨记在心，对他们必须态度坚决，但也要和善，而且必须公正。我从来没敲过他们一个子儿的竹杠。二十年来，我连一百磅都没攒够。修路也是一件要紧事。一定把路修完。”

麦金托什发出近似呜咽的声音。

“你是个好伙伴，麦克。我一直都很喜欢你。”

沃克闭上眼睛，麦金托什想他可能永远都不会再睁开了。他的嘴巴干渴得厉害，他必须要给自己找点喝的。华裔厨子默默地替他拿来一把椅子。他坐在床边，等着。他不知道过去了多久，夜晚似乎永无尽头。突然，坐在地上的人里有一个终于控制不住地大声抽泣起来，像个孩子一样，麦金托什这才意识到，此时房间里还挤满了本地的土著。他们全都跪坐在地上，男男女女，盯着大床。

“这些人在这里做什么？”麦金托什说，“他们没有权利留在这里。赶出去，赶出去，全都赶出去。”

他的话似乎惊醒了沃克。他再一次睁开眼睛，此刻这双眼什么都看不清了。他想要讲话，但是他实在太虚弱了，麦金托什必须要竖起耳朵才能听清楚他的话。

“让他们待着吧，都是我的孩子，应该留在这儿。”

麦金托什转头看着土著。

“你们可以留下，他希望这样。但是不许出声。”

老人苍白的脸上滑过一丝微弱的笑意。

“靠过来一点。”他说。

麦金托什弯下腰。他眼睛闭着，说的话就像椰林间拂过的风的叹息。

“再给我一杯酒。我还有话要说。”

这一次，麦金托什给他倒了一杯纯威士忌。沃克用尽自己最后的意志力攒足力气。

“这件事不要闹大。九五年起冲突的那次就有白人被杀，他们派了一个舰队来屠村。很多与这件事根本无关的人都被杀了。阿皮亚那群该死的傻子。如果这件事闹大，只会牵连无辜的人。我不希望有人被牵连。”

他停了好一会儿，喘着。

“你就说这是一次意外，不怪任何人。你要向我保证。”

“听从您的吩咐。”麦金托什低声说。

“好样的。你是我见过最好的。他们是孩子，我是他们的父亲。做父亲有办法，就不会让自己的孩子陷入麻烦里。”

他喉咙里发出一阵幽灵式的轻笑，惊人的怪异恐怖。

“你是个有信仰的家伙，麦克。宽恕他们怎么样？你懂的。”

有那么一会儿，麦金托什没有回话。他嘴唇微颤。

“宽恕他们，因为他们不知道自己做了什么？”

“是的，宽恕他们。我爱他们，你知道的，一直都很爱。”

他叹了口气，嘴唇微微蠕动。到了这会儿，麦金托什不得不把耳朵贴上去，才能听清楚。

“握住我的手。”他说。

麦金托什一声轻喘。他的心好似扭曲了起来。他拉起老人的手，那样冰冷那样无力，一只粗糙、劳累的手，把它握在自己手里。他就这样坐着，直到长长一声哽咽突然打破静寂，吓得他差点从椅子上跳起来。这个声音恐怖而怪异。沃克死了。随后，本地的土著们放声哀号，泪水顺着他们的脸滚落，打湿他们的胸口。

麦金托什松开握住逝者的手，跌跌撞撞像个梦游的醉鬼一般走出房间。他回到自己书桌旁，打开上锁的抽屉，掏出那把左轮手枪。他走到海边，走过潟湖；他小心翼翼地在涉水往深处去，这样便不会被珊瑚礁绊倒，直到来到水漫过腋窝的深度。随后，他朝自己的脑袋送了一颗子弹。

一个小时之后，五六条瘦小的棕色鲨鱼游到他倒下的地方，互相争抢，水花飞溅。

逃之夭夭

我一直坚信，但凡女人打定主意要嫁给一个人，这个男人除了立刻逃跑外，没有别的办法能够得救。当然，也并不总是如此：有一次我的一个朋友，看见这隐晦的威胁不可避免地摆在眼前，立刻从某个港口登船（随身的行李只有一把牙刷，他极清楚地意识到自己面临的危险，必须要立刻做决断），花了一年的时间周游世界；但是，当他觉得自己安全了（女人的心思变幻莫测，他认为十二个月以后她就会把他忘得精光），他从同一港口上岸，结果看见第一个站在码头上朝他挥手的人，就是他要逃离的那位小个子女士。

我只知道一位男士，曾经设法从同样的苦海中全身而退。他的名字叫罗杰·查令。他同露丝·巴洛坠入爱河时已经老大不小，他拥有的丰富经验本该足够令他小心谨慎；但是露丝·巴洛有一种天赋（或者我应该称其为才能？）能令大部分男士毫无招架之力，就是这一点令罗杰失去了自己所有的常识、谨慎和处事智慧，他像九柱戏[①]里的柱子一样倒了下去。

① 九柱戏，现代保龄球运动的前身。当时在欧洲贵族间颇为盛行，认为该游戏形式很高雅。

那便是楚楚可怜的天赋。巴洛太太，她作为先后两任寡妇，长了一双独一无二的黑眸，这是我见过的最动人的一双；这双眼似乎随时都处于泪眼汪汪的时刻，诉说着世界对她太苛刻——你能感受到，这个小可怜，她遭受的痛苦超过了任何一个人所能够承担的。如果你是罗杰·查令这种身强体健、肌肉发达而又多金的家伙，几乎都不可避免地会对自己说：我必须拦在艰难人生和这个无助的小可爱中间，哦，将那双可爱大眼中的悲伤驱走该有多么美好！我从罗杰口中得知，所有人待巴洛太太都非常坏。她很显然是属于那种不幸之人，遇到的事情没有一件是对的。若是她嫁了个老公，那么这个人便会打她；若是她雇了一位经纪，那么这个人便会骗她；若是她买了一个厨娘，那么这个人便会酗酒。幸好她从没有过一只小羊羔，否则羊羔必死无疑。

罗杰告诉我他终于说服她嫁给自己时，我衷心祝他幸福。

“我希望你们两个能成为朋友，”他说，“她有一点点怕您，您知道；她认为您太无情。”

“我发誓我真的不知道她为什么会有这种想法。”

“您是喜欢她的，对吧？”

“非常喜欢。”

“她有过一段难堪的时光，可怜的小甜心。我真心替她难过。”

“是的。”我说。

我没法说别的。我知道她很蠢，而且认为她十分工于心计。我自己的看法是，她的内心如钉子一般厉害。

我第一次见她时，我们一起打了一局桥牌，她同我搭档的时候，曾经两次压下我手里最好的牌。我表现得如同一位天使，不过我必须坦诚，如果我认为泪水要汇聚在一个人的眼中的话，那也应该是在我眼中而不是她的。然后，当天晚上散场她输给我一大笔钱，她说会给我送来一张支票但是却一直没送，我禁不住想等到下次碰面，露出可怜兮兮模样的人应该是我，而不是她。

罗杰将她介绍给自己的朋友，送她漂亮的珠宝，带她去这儿，去那儿，到处都去。他们宣布婚礼就在不久的将来。罗杰非常幸福。他是在做一件善事，而同时这件事刚好又是他十分想做的。这种情况十分罕有，就算他表现得失去理智，得意忘形，也不足为奇。

随后，突然间，他的爱意消失了。我不知道为什么，应该不是因为他对和她聊天厌烦起来，她从来不聊天；也许仅仅是因为她那副楚楚可怜的模样不再能绞痛他的心弦。他的眼睁开了，他又是以前那个世界上最精明的人。他神志清醒地意识到，露丝·巴洛已经下定决心要嫁给他；而他则指着天庄严发誓，没有什么诱惑能令他迎娶露丝·巴洛。但他进退两难。此时，他已经彻彻底底、清清楚楚地看明白，他交往的是一个什么样的女人；而他也很清楚，如果他请求她放了自己，她便会（用她那种明显的方式）评估自己受伤的情感，估出一个不合理的高价。况且，对一位绅士来说，抛弃一位女士总是很尴尬的。人们更愿意认为是他行为不端。

罗杰没有表明自己的决定。无论是从言辞还是举止，他都没有透露出丝毫迹象暗示自己的对露丝·巴洛的情感发生了变化。他继续满足她所有的愿望；他带她去饭店吃饭，两人一起看戏，他送她鲜花；他体贴又可爱。他们已经想好，只要找到合适的房子就立刻结婚，因为他住在单身公寓而她住在有家具的客房；他们已经准备好去看合适的房子。中介给罗杰提供房产咨询，他带着露丝看了大批房产。要找到一所完全称心的房子很是困难，罗杰于是又找了更多的中介。他们一栋房子接一栋房子地看。他们把每栋房子都看了个遍，从地下室的酒吧到屋顶下的阁楼全部仔细审视。有时房子太大，有时房子又太小；有时房子离城中心太远，有时又太近；有时房子太贵，有时他们想要改动的地方又太多；有时房子太闷，有时又通风太过；有时房子太暗，有时又太晃眼。罗杰总能挑出错处觉得这所房子不合适。他当然是很难取悦；他不能忍受让自己亲爱的露丝住在一个不完美的房子里，而完美的房子需要去寻找。找房子是一件累人且无聊的事，很快露丝就变得暴躁起来。罗杰恳请她耐心一点；在某个地方，一定存在着他们要寻找的完美房子，只需要一点点耐心，他们就能够找到。他们看了几百栋房子，爬了上千段楼梯，查看了不计其数的厨房。露丝疲倦了，不止一次发起脾气。

“如果你不快点找到房子，”她说，“我就要重新考虑自己的决定。理由？如果你继续这样下去，再过几年我们也结不了婚。”

“不要这样说，”他回答，“我请求你再有点耐心。我刚刚从最近接触的那个中介手里收到几份全新的名单，加起来少说也有六十栋房子呢。”

他们再次踏上寻觅征途。他们看完一批房子又看一批。他们找房找了整整两年。露丝变得沉默，看不起人：她那双楚楚可怜、动人的眼睛蕴含了一副几乎可以称作愠怒的神情。人的耐心是有限度的，巴洛太太即便有着天使般的耐心，终于也失控了。

“你到底想不想跟我结婚？”她问他。

她的语气中有一种不太常见的严厉，但这并不影响他温存回答。

“当然想。我们一找好房子，立刻就结婚。顺便，我刚刚听说好像有一栋房子适合我们。”

“我现在没心情再去看什么房子了。”

“可怜的小东西，我恐怕你真的有点累了。”

露丝·巴洛回到自己床上。她不肯再见罗杰，他不得不经常上门拜访求见，并送她鲜花。他一如既往地勤勉、殷勤，每天都写信告诉她，他又听说有栋房子他们可以去看。一周过去，他收到了一份来信，内容如下：

罗杰：

我觉得你并不是真心爱我。我找到了一个渴望照顾我的人，我今天就去跟他结婚。

露丝上

他派专人替自己送了回信：

露丝：

你的消息令我震惊。我永不能从这次的打击中恢复，不过当然你的幸福才是我的首要考量。我顺道将这七处房产讯息一并送你；这些是今晨邮递员刚刚送来的，我非常确定你会在这些房子中间找到最适合你的那一栋。

罗杰敬上

狮皮[1]

有许多人在报上看到福雷斯蒂尔上尉[2]的讣告后都惊呆了，他在救自己太太的爱犬时，不幸丧生于一场森林大火里，那只小狗当时刚巧被关在他的林间豪宅。有人说他们从来都不知道他还有这种好心肠；另一些人说，他们早就料到他会有这一天，不过这番话有人是正着说的，有人是反着说的。

惨剧之后，福雷斯蒂尔太太去了一个叫作哈迪的人家里暂住，这个人是她和她丈夫最近新结识的朋友。福雷斯蒂尔上尉不喜欢这家人，退一步讲，他不喜欢弗雷德·哈迪，但是他太太觉得，如果他能撑过那个可怕的晚上，就一定会转变自己的看法——意识到哈迪虽然名声不好，但其实品格十分高尚，那么他便会像所有伟大绅士一样，毫不犹豫地承认是自己从前误会了。

福雷斯蒂尔太太不知道自己还有什么理由活下去，她失去

① 《狮皮》这个标题，来自于毛姆钟爱的《伊索寓言》里《披着狮皮的驴》一篇。

② 原文为Captain Forestier。Forestier本意有“守林人，森林管理员”的意思，文中采用的是音译。

的这个男人对她来说就是这个世界的全部，是哈迪一家人的慷慨善良给了她一个坚持的理由。她内心悲痛无比，他们一家无穷尽的同情是她唯一的安慰。他们几乎是见证了她丈夫的伟大牺牲，别人不知道，但他们家人知道他是多么勇敢。她永远都不会忘记，亲爱的弗雷德·哈迪将那个可怕的消息告诉她时说的那番话。正是那番话支撑着她不仅承受住了这场可怕的灾难，并且还有勇气去面对孤独一人的未来。她很清楚，那个勇敢的人儿，那位英勇的绅士，她曾那样深切爱过的爱人，一定会希望她能面对好后面的人生。

福雷斯蒂尔太太是一位非常好的女人。通常，心地善良的人用这种话来形容一位女士，往往是没有别的话好说，只能看作是一种冷冷的恭维。但我并不是这个意思。福雷斯蒂尔太太既不美丽迷人，又不聪明；正相反，她为人荒诞、平凡且愚蠢。不过，你越了解她，便会越喜欢她，若是问起原因，你会发现自己也只得被迫重复“她是一个非常好的女人”这样的言论。她个子很高，跟男人差不多；嘴巴很大，鹰钩鼻，浅蓝色的眼睛有些近视，一双大手特别难看。她的皮肤皱皱巴巴，饱经风霜，只能靠厚厚的浓妆弥补，而她的长发染成金黄色，烫了几个大卷，精心地梳起来。她尽了一切所能来消弭自己外貌中那咄咄逼人的阳刚，但却只成功地把自己变成了好似假扮女人的歌舞杂耍演员。她的嗓音的确是女士的嗓音，但是你总会不自觉地认为，等到她一番话说完，声音便会突变成低音炮，再一把扯掉金色假发，露出一个男士光秃秃的头顶。她在衣着方面可谓花费不菲，都是去巴黎找最时尚的裁缝定制。不过作为一位年至半百的女士，她的品位令人遗憾，总爱选那种只有穿在花样年华的小姑娘身上才觉得惊艳的衣服。她还爱在身上堆砌大量昂贵的珠宝。她的行动让人尴尬，举手投足笨拙不堪。若是她进入一处摆放了名贵玉器的客厅，便总会将玉器扫落在地；假使她中午和你同桌吃饭，而你刚巧有一副宝贝得不得了的玻璃器皿，她总能精准地把其中一件碾得粉碎。

然而就是这样一副丑陋的外表之下，却藏着一颗脆弱、浪漫、爱幻想的心。你要花点时间才能发现到这点，因为当你初见她时只会拿她当个笑话，而当你对她了解渐深（并且受够了她笨手笨脚的苦头），便会觉得她惹人生厌；但当你真正看到她的心灵，便会觉得自己真是愚笨至极，居然这么久都没发觉，因为此时透过那双浅蓝色近视眼望着你的心灵，虽然羞涩，却充满了诚挚，只有傻瓜才看不出来。那些讲究的平纹细布和仿如春天般的薄纱，那些无瑕的丝绸，包裹得不是一具粗笨的躯体，而是一颗鲜活的、少女般的心。你便会忘记她打碎了你的瓷器，忘了她长得像一个扮了女装的男人，你眼中的她就是她眼中的自己，是她真实的模样——如果真实可见的话，是拥有一颗金子般的心的可爱小东西。当你真正了解了她，就会发现她简单得如同一个孩子；她对你投给她的任意一点关注，都会感动得无以复加；她的善良无穷无尽，你可以要求她为你做任何事，就算有些厌烦，她还是会尽力去做，仿佛这是你赐给她的一份恩典，让她能有机会为你效劳。她具有一种罕见的无私之爱。你清楚，她脑海中不曾有丝毫无情或是恶毒的念头闪过。承认了这一切之后，你便不由得再次感叹，福雷斯蒂尔太太是一个非常好的女人。

不幸的是，她还是一个不折不扣的蠢货。这一点当你见过她的丈夫之后便会发现。福雷斯蒂尔太太是美国人，而福雷斯蒂尔上尉是英国人。福雷斯蒂尔太太是在俄勒冈州的波特兰生人，一九一四年欧战爆发之前，从未踏足过欧洲，当时她的第一任丈夫刚刚过世，她加入一个医疗团队一起到了法国。用美国人的标准来衡量，她并不富有；不过在我们英国人眼中，可谓是富得流油。从福雷斯蒂尔一家的生活方式来看，我猜她一年起码有三万美元的收入。除了她毋庸置疑会拿错药给病人、给伤员包扎导致他们伤情更加恶化，以及打破每一个能打破的器皿之外，我确信她是一位令人钦佩的护士。我从不认为她曾生出护士工作太厌烦这种念头；她当然不会偷懒，也必然不会发脾气。也许正是有那么多可怜的家伙，才让人觉得她温柔的心值得称颂；或许也是因了她那颗慈爱的金子心，才令相当多的人有勇气迈出那最后痛苦的一步，走进未知世界。战争打到最后一年的时候，福雷斯蒂尔上尉到她手底下由她看护，停战后不久，两个人便宣布结婚。他们在戛纳后面的山上买了一所漂亮的豪宅定居，在很短的时间里便在里维埃拉的社交界混得风生水起。福雷斯蒂尔上尉打得一手好桥牌，还是一名出色的高尔夫球手，他的网球打得也不赖。他有一条帆船，夏季时节，福雷斯蒂尔夫妇便辗转各个岛屿，举行十分盛大的派对。结婚十七年，福雷斯蒂尔太太依然爱慕着自己仪表堂堂的丈夫，你不用认识她很久，便会听她用自己慢悠悠拉长调子的西部口音，讲述他们两个恋爱时的所有往事。

"那可称得上是一见钟情，"她说，"他被人送来的时候我碰巧并不当值；回来上班时，才发现他躺在分派给我负责的一张病床上。哦，我的天哪，我当时觉得心都快跳出来了，有一会儿我以为我一定是工作太累所以才会这样紧张。他是我一生中见过的最英俊的男子。”

“他伤得很厉害吗？”

“哦，其实他也不是真的受伤了。您知道，这真是最离奇的事，他撑过了正常战争，有一阵子在炮火中过了好几个月，他一天中冒生命危险的次数肯定有二十次了，他就属于根本不知道什么是害怕的那种人；但他甚至连擦伤都没有过。他是因为生了痈[①]。”

这一点微恙作为一段激情的开始，似乎有点平淡无奇。福雷斯蒂尔太太为人略微有一点过分正经，所以福雷斯蒂尔先生长的那些痈虽然极大地激发了她的兴趣，她却一直觉得告诉你那些痈具体生在哪里，有点难于启齿。

“就在他后背下面，其实还要再往下，他不喜欢我给他上药。英国人的羞涩真叫人好奇，我已经见识过一次又一次——这令他特别难为情。你能想象到当时的情况吧，如果您知道我指的是什么的话，从我们第一次见面算起，这本来应该令我们更亲密。然而不知道为什么并没有。他对我非常冷淡。我值班去他床位的时候，都不敢呼吸，心怦怦跳，我根本记不起自己要做什么。我本来不是一个笨手笨脚的女人，我从来不会掉东西，或是打破什么；但你可能不会相信，当我不得不把罗伯特的药拿给他时，不是掉了勺子就是打破杯子，我根本不敢想他心里是怎么看我的。”

当福雷斯蒂尔太太跟你说到这里时，要想不笑出声基本不

① 痈，是由金黄色葡萄球菌感染引起的多个临近毛囊的深部感染。常发生于抵抗力低下者，如糖尿病、肥胖、不良卫生习惯以及免疫缺陷状态等。

可能。她则笑得更甜。

“想必这在您听来十分荒谬，但是您要知道，我之前从未有过这样的感觉。我嫁给我第一任丈夫的时候——哦，他是个鳏夫，两个孩子已经成年，人非常不错，而且是我们州最杰出的公民之一。不知道为什么，感觉就是不一样。”

“那么您到最后，是怎么发现自己爱上福雷斯蒂尔上尉的呢？”

“哦，这听起来很可笑，我并不是请您一定要相信我。事实上，是另外一个护士告诉我的，她告诉我之后，我立刻就知道她说的是真的。起初，我非常不安。您知道，我对他一无所知。他像所有的英国人一样，非常高冷，我对他的了解仅限于他曾有过一任太太，还生了半打孩子。”

“您是怎么发现他其实没有太太的？”

“我问他的。他告诉我他还是单身汉的那一刻，我就已经下定决心，无论如何我都要嫁给他，那个饱受折磨的、可怜的小东西。您知道，他不得不时时刻刻趴在床上，躺着是一种折磨，坐着也是——哦，当然了，这一点他甚至都不敢想。不过我并不认为他的痛苦要多过我的。男人都喜欢贴身的丝绸衣服，以及那种松软的东西，您知道我什么意思吧，可我穿着护士制服，在这方面占足了劣势。我们的护士长，是那种新英格兰的老处女，根本不化妆，所以那段日子我也是不化妆的；我的第一任丈夫也不喜欢我化妆；当时我的头发也不如现在漂亮。他总是用那双迷人的蓝眼睛望着我，我觉得他心里一定在想我的样子难看得要命。他的情绪非常低落，我认为我必须尽可能地让他振作起来，所以我但凡有一分钟的空闲，也会跑去陪他说话。他说自己根本不敢去想，像他这样身强体壮的人在床上一周接一周地躺下去，而他的战友都投身在战壕里。您只要跟他聊过天，就知道他是属于那种只有置身于枪林弹雨之下，才能切实体会活着的喜悦的人，哪怕明知下一刻可能就是他们人生的最后一刻——对他而言，危险是一种兴奋剂。我完全不介意告诉您，当我在病历上记录他体温的时候，会多写一两度，这样医生便会认为他的实际情况比表面上的要糟糕一点。我知道，他正尽最大努力让医生同意让他出院，但我觉得只有确保医生不同意，对他而言才是真正的公平。我陪着他，自己说个不停，他总是亲切地看着我，我知道他很期待我们之间的小小闲谈。我告诉他我是个寡妇，没有孩子需要我养；我也跟他讲了，我打算等战争结束以后去欧洲定居。慢慢地，他的高冷有所融解。他并不多聊自己的事，不过已经能开始和我开玩笑，他极富幽默感，您知道，有时候我真的升起念头觉得他是真心喜欢我。最终，他们还是打了汇报，说他已经可以回去履行职责。令我惊讶的是，他居然邀请我在他在这里的最后一晚，和他共进晚餐。我设法从护士长手底下溜出来，我们开车去了巴黎。您根本想象不出，他穿着军装有多么英俊。我从未见过相貌如此出众之人，他连手指尖都带着贵族气派。但不知道为什么，他并不如我预期的那样兴致高昂。他非常疯狂地想要回到前线去。

"'您今天晚上心情为什么这样低落？'我问他说，'毕竟，您最终还是如愿了。'

"'的确如此，'他说，'假如我的确有一点忧郁，您难道猜不出是为什么吗？'

"我根本不敢去深想他话里的意思。我觉得我最好开个玩笑混过去。

“‘我并不擅长猜别人的心思，’我说，还笑了一下，‘如果您希望我知道，还是直说的好。’

“他低头，我能看出来他很紧张。

“‘您对我一直都特别好，’他说，‘您的恩情我简直无以为报。您是我见过的最伟大的女性。’

“听见他这样说，我真是非常不安。您知道英国人有多滑稽，他之前还从来没有恭维过我一句。

“‘我只是尽了一个护士应尽的职责而已。’我说。

“‘我还可以再见到您吗？’他问。

“‘这要看您自己呀。’我说。

“我希望他没有听出我声音发颤。

“‘我痛恨离开你[①]。’他说。

“我真的不敢开口了。

“‘你一定要走吗？’我问。

“‘只要我的陛下和国家需要我，我便要为他们效劳。’”

福雷斯蒂尔太太讲到这儿，淡蓝色的眼里噙满泪水。

“‘可是这场战争不会永远打下去。’我说。

“‘战争结束之时，’他回答说，‘假如子弹没有要了我的命，我可能也穷得一个子儿都没有了。我甚至不知道该怎么去赚生活费。您是一位富有的太太，可我只是个穷小子。’

“‘你可是一位英国绅士。’我说。

“‘等到这个世界变得民主、安全，这一点还重要吗？’他苦涩地说。

---

① 人称的变化反应了人物内心的变化。

“听完，我真的是热泪盈眶。他说的每一句话都那样动听。当然，我看出他是什么意思。他觉得自己没脸向我求婚。我能感觉到，如果让我误会他是看中了我的钱，他宁愿去死。他是这样出色的一个人。我知道自己配不上他，不过我能看出来，如果我想要得到他，就必须主动出击，亲自拿下。

“‘假装我没有为你痴狂并不好，因为我就是如此。’我说。

“‘不要再逼我。’他沙哑着嗓子说。

“我觉得我要死了，听他这么说，我更加爱他。这句话足以令我知道我想知道的一切。我伸出手。

“‘你愿意娶我吗，罗伯特？’我问得简单干脆。

“‘埃莉诺。’他说。

“这时他才告诉我，他从见到我的第一天起就爱上了我。起初他并没有当真，只觉得我是一个小护士，或许可以和我有一段风流韵事，后来他才发现我并非那种女人，而且很富有，他便打定主意一定要克服自己的爱恋。您看，他认为我们两个结婚根本是不可能的。”

或许再没有什么能比福雷斯蒂尔上尉想跟她有一段风流韵事这件事，更令福雷斯蒂尔太太受用的了。当然，绝没有人曾经对她表达过这样龌龊的念头，实际上福雷斯蒂尔上尉也没有，可单就确认他曾经认真有过这个念头，就足以成为一个令她心满意足的源头，取之不尽。他们结婚之后，埃莉诺的亲戚们，那些倔强的西部人，曾经提出建议，说她的丈夫应该出去工作，而不是靠着她的钱过活，福雷斯蒂尔上尉表示完全赞同。他只提出了一个条件：

“有些工作是绅士决计不能做的，埃莉诺。其他任何工作我都十分乐意去做。上帝作证，我并不觉得身份这种东西有什么了不起，但是如果一个人生来就是绅士，那他自己也没办法，而且最该死的是，尤其是近一段时间，人做什么工作必须要符合自己的阶级。”

埃莉诺认为他在漫长的四年里，经历了一场血淋淋的战役，为国家豁出性命，已经做得够多了，但她太为他的骄傲着想，不愿让人说他是个拜金的人，跟她结婚只为了她的钱，于是她便拿定主意，如果他找到了能配得上他去的工作，自己也不会反对。很不幸，抛出橄榄枝的那几份工作都不是什么要紧差事，但他也没有擅自拒绝掉这些邀约。

“还是要看你的意思，埃莉诺。”他对她说，“只要你一句话，我就会接受。如果让我可怜的老长官见到我做这种工作，他一定会气得从坟墓里跳出来，但这无所谓，我的首要责任是你。”

埃莉诺哪里听得了这种话，渐渐地，让他出去工作这件事就没人提了。福雷斯蒂尔夫妇每年大部分时间，都住在里维埃拉的大宅子里。他们偶尔会去英国；罗伯特说自从打完仗，那里就容不下绅士了，而他那些好伙伴，每一个都是白人哦　在他还是“小男孩”时，常常跟他混迹在一起的那些家伙，已经全都被宰掉了。他本打算在英国过冬，每星期去阔恩消磨三天，这才是男人应过的生活。但是可怜的埃莉诺在一群狩猎人中间肯定会格格不入，他不能要她做出这样的牺牲。埃莉诺其实准备好做出任何牺牲，不过福雷斯蒂尔上尉不同意。他已经不再是个小伙子，狩猎的日子早已结束，他非常满足于喂喂锡利哈姆，养养黄种奥品顿鸡的日子。他们拥有大量土地；房子坐落于高原上那种山丘的山顶，四周有三面是森林围绕，正前方是一座花园。埃莉诺说他从未有像身着一套旧花呢和狗场管理员一起在庄园里漫步时那样快乐，这位狗场管理员也负责照料他们养的鸡。这种时候，你才会在他身上看到他背后几世代的乡贤士绅的影子。埃莉诺看着他拉着狗场管理员聊起黄种奥品顿鸡也能没完没了，深感动容，又觉好笑；那场景完全好似他是在同猎场主管谈论野鸡——他对哈姆犬的关心简直就如同这些根本就是一群猎犬，你不自觉地会认为他可能在家更合适。福雷斯蒂尔上尉的曾祖父曾经是摄政王时期有名的花花公子，就是他毁了家族的基业，所有庄园不得不尽数变卖。他的家族本来在什洛普君有一处老宅子，传承了几代人，埃莉诺觉得，哪怕那里已经不再属于他们，但还是愿意去看看；可福雷斯蒂尔上尉却说，那样做对他来说是莫大的痛苦，绝不会带她去。

福雷斯蒂尔一家经常大宴宾客。福雷斯蒂尔上尉是品鉴美酒的行家，对自己的酒窖引以为豪。

“他父亲就是以拥有全英国最好的味蕾而闻名的。”埃莉诺说，“他继承了这一点。”

他们来往的朋友，大多数是美国人、法国人和俄罗斯人。罗伯特发觉他们整体而言比英国人有趣；凡是他喜欢的，埃莉诺一个不落全喜欢。罗伯特觉得如今的英国人早已大不如昔。他过去认识的那些人都属于玩射击、狩猎、钓鱼的一群；他们这些可怜的人儿，现如今全都破产了，不过，谢天谢地，亏得他为人并不势力，他可是半点都不喜欢自己的太太和这许多从没听说过的新贵混迹在一起。福雷斯蒂尔太太不是一个挑剔苛求的人，不过她尊重他的偏见，欣赏他的孤傲。

“当然，他的念头是有点怪。”她说，“不过我觉得，我只能忠于自己内心，尊重他这些想法。当你得知他出身是哪种人，自然能看得出他有这种怪念头是多么正常的事。我们结婚这么些年，我唯一一次见他恼怒吃醋，是有一次我们去赌场，一个舞男过来邀请我和他跳舞，罗伯特差点把他揍趴下。我跟他说，这个可怜的小东西不过是尽自己本分，但他说他才不能允许这样一头该死的猪猡来向自己太太邀舞。”

福雷斯蒂尔上尉的道德标准极高。他感谢上帝，自己并不是心胸狭隘之人，不过人也必须给自己划一条底线；他不明白，就算自己住在里维埃拉，但为什么要跟醉鬼、废物和变态亲近。他对混乱的两性关系绝不宽容放纵，不准埃莉诺和名声可疑的女士来往。

“您知道，”埃莉诺说，“他一个十分正直的男子汉，也是我认识的人里最正派的；若是他的做法偶尔有点令人无法容忍，那么您一定要记得一点，他从不会要求别人做那些他自己不准备做的事。毕竟，人总是不由自主地赞赏一个高标准严要求，为了捍卫自己的准则不惜任何代价的人。”

福雷斯蒂尔上尉告诉埃莉诺，像某某那种人——这个人你到哪儿都能碰见，还觉得他特别讨喜——并不是一个真正的绅士时，她就知道最好不要坚持己见。她很清楚，一旦她丈夫做出什么判断，她只要接受就可以。经过近二十年的婚姻生活，她就算什么都不明白，也能清楚一点，那就是罗伯特·福雷斯蒂尔是英国绅士的完美典范。

“我不晓得上帝是否还造出过比他更完美的人。”她说。

问题就在于，福雷斯蒂尔上尉这个英国绅士完美典范的派头拿捏得过于完美了。他已经四十五了（比埃莉诺年轻那么两三岁），依然是一位翩翩美男子，一头微卷的华发浓密，两撇小胡子修剪得很漂亮；常年的户外运动，让他晒出了一身健康的古铜色皮肤。他高大、精瘦、肩膀宽阔，每一英寸都符合军人的身材。他为人率直热情，笑声爽朗豪放。他的言谈、举止、衣着样样可做楷模，完美到令你几乎不敢相信。他那样一副十足的乡绅做派，会让你觉得更像是一位演员在奉献自己对这个角色最精准的表演。若是你在克鲁瓦塞特大道撞见他，看他嘴叼烟斗，上身披着那种在荒野都能穿的花呢大衣，下身套着灯笼裤，活脱脱是一位具有运动员品格的英伦绅士，定会大为震惊。而他的谈吐，那不容人置喙的口吻，陈词滥调的浅薄观点，以及他那亲切、教养良好的愚鲁，却完全符合一名退役军官的特点，你几乎忍不住会觉得这些都是他装出来的。

埃莉诺听说他们家山脚下的房子，被一位费德里克爵士和哈迪爵士夫人买下来之后，欢喜非常。这对罗伯特来说是一件好事，附近终于住了一个和他一个阶层的邻居。她向自己在戛纳的朋友打听了一下这家人。很显然，费德里克先生最近继承了他一位死去叔父的从男爵爵位，要趁清缴遗产税的时候在里维埃拉住两三年。据传他年轻时十分孟浪，年过半百搬去戛纳的时候依然如故；不过现在他有一门相当体面的婚事，娶了一位非常不错的太太，两个儿子年纪都不大。可惜哈迪太太曾经当过女演员，因为罗伯特对女演员的态度有那么一点古板，不过所有人都说她举止极为得体、为人极为优雅端庄，你决计猜不出她曾经登过台。

福雷斯蒂尔夫妇第一次见到她，是在一次下午茶会上，费德里克爵士并没有出席，罗伯特承认她似乎是一位非常正派的人；所以埃莉诺办了个午宴，邀请他们夫妇来家，希望借此表达友善。日子敲定后，福雷斯蒂尔夫妇邀请了许多人来欢迎他们，而哈迪夫妇却姗姗来迟。埃莉诺对费德里克爵士的第一印象非常好。他看起来比她预想的要年轻，剃得极短的小平头上没有一根白发；而且他身上带了点孩子气，更为他添了一分魅力。他身材微壮，还没有她高；他一双明亮的眼睛相当友善，笑容可掬。她留意到他当天系的领结是英国皇家近卫团的，罗伯特也有一条，偶尔会戴；他并不像罗伯特那样穿得一丝不苟，罗伯特总是一副看起来像从橱窗里走出来的样子。费德里克爵士穿着日常旧装，好像对穿着并不在意，埃莉诺完全相信他年轻时是有那么一点狂放不羁，不过她也没有责备他的意思。

“我必须要为您介绍一下我的丈夫。”她说。

她叫他。罗伯特正和其他几个宾客站在阳台上高谈阔论，没有留意到哈迪夫妇已经到了。他走过来，仍旧一派亲切热情的做派，这副做派自带一分优雅，总令埃莉诺痴迷。他同哈迪太太握了握手，随后转头看向费德里克爵士。费德里克爵士不解地看着他。

“我们曾经见过吗？”他问。

罗伯特酷酷地看着他。

“应该没有。”

“我可以发誓，真的见过您。”

埃莉诺感觉到自己丈夫身子一僵，立刻意识到有什么事不对。罗伯特哈哈大笑。

“这话听上去可能非常无礼，不过我十分确定此生之中从未见过您。我们或许在打仗时曾经偶遇过。不过，这种见过的机会不要太多，对吗？您想来一杯鸡尾酒吗，哈迪太太？”

午宴期间，埃莉诺留意到哈迪始终打量着罗伯特。他很明显想要记起他。罗伯特忙着和自己两侧的女士聊天，根本没注意到那道目光。他很努力地在娱乐自己的邻居们，他那爽朗、清脆的笑声回荡在整个宴会厅。他真是一位绝佳的主人。埃莉诺一直都很欣赏他在社交任务这方面的责任心；无论他挨着的女士有多么愚不可及，他都能尽最大努力取悦她们。不过，等到他们的宾客走光，罗伯特的兴奋之情便立刻垮下来，好像披肩从他肩膀滑落。她有种感觉，他有些心烦。

“那位贵妇人很难应酬吗？”她贴心地问。

“她就是只恶毒的老猫，除了这一点，其实还行。”

“真好笑，费德里克爵士居然说他见过你。”

“我这辈子从来没有见过他。不过他这种人我太知道了。如果我是你，就不会再主动和他来往，埃莉诺。他跟我们不是一个层次的人。”

“但那可是英国最古老的几个从男爵之一呢。我们在《名人录》里翻到过。”

“他就是一个臭流氓。我做梦都想不到之前认识的那个哈迪上尉，”罗伯特立马改过来，“那个弗雷德·哈迪，现在居然变成了费德里克爵士。我决不允许你再邀请他来我家。”

“为什么，罗伯特？我必须要告诉你，我觉得他非常有魅力。”

这是埃莉诺第一次觉得自己的丈夫那么不可理喻。

“有大把女士都曾这样想，然后在他身上花了很多钱。”

“你知道那些流言蜚语是怎么回事。人真的不能全凭耳朵就听信一切。”

他拉起她一只手握住，真诚地望进她眼底深处。

“埃莉诺，你知道我不是那种会在背后嚼人舌根的家伙，所以我不愿把我了解的哈迪那点事儿告诉你。我只希望你能听进去我的话，他不是适合你深入交往的那种人。”

很明显，对于这件事，埃莉诺做不到继续装聋作哑。她很震惊罗伯特居然如此信任自己；他知道，在这种危机时刻他只能倚靠她的忠诚，而她绝不会辜负他。

“没人比我更了解你，罗伯特，”她严肃地回答，“你是百分之百的正人君子。我知道如果你能告诉我，一定会告诉我，不过就算你现在想说，我也绝不允许；那样更会好像我给予的信任，并不如你给予我的那样多。我愿意尊重你的判断。我向你保证，哈迪夫妇绝不会再走进这扇门。”

但是埃莉诺经常和罗伯特出去用午餐，陪他去打高尔夫球，免不了经常同哈迪夫妇碰面。她对待费德里克爵士的态度十分严厉，因为如果罗伯特不喜欢他，她也必须这样做；但他要么就是没留心，要么就是不在意，他还是照常施展自己的风度，待她很和善，她发现他是一位十分好相处的人。你很难讨厌这样一位坦诚所有女人都是假正经，但又会百般甜言蜜语，同时举止十分讨喜的人。或许他的确不适合她深入交往，但她不自觉就喜欢上了他那双棕色眼睛中的眼神。那里含着一丝嘲弄，会令你心生警惕，但同时又有一种宠溺，你不会认为他会故意伤害你。不过，随着埃莉诺听说他的事迹越多，她越意识到罗伯特说得有多正确。他就是一个无法无天的流氓无赖。他们说了许多女士的名字，这些人都曾为他牺牲了自己的一切，可是他一旦厌倦了，便毫不客气地将她们甩到一边。现在，他似乎是安定下来，一门心思都在自己太太和孩子身上；但是猎豹能抹掉身上的斑点吗？最大的可能是，哈迪太太忍受的东西比人们猜测的还要多得多。

弗雷德·哈迪真是坏透了——玩漂亮女人，要十一点，赌马总是摸错门路押错马，结果他二十五岁就走进了破产法院，还被迫辞去了军职。他不觉得混迹在一群半老徐娘中间有什么丢脸；而她们也觉得他魅力无法挡，尽力满足他的愿望。战争爆发，他重新复职，还赢得了一枚杰出服务勋章。接着他去了肯尼亚，在那儿又惹上官司，成为一桩臭名昭著的离婚案的共同被告；他用一张支票摆平了所有麻烦，方才离开肯尼亚。他完全不懂什么叫正直。从他手里买车或买马都非常不安全，你最好也远离他热情推荐给你的香槟。当他施展难以抗拒的魅力，将一个投资的机会摆在你面前，说你和他能一起赚一大笔，你唯一能确定的就是，无论他能从中赚多少，你肯定一个子儿都拿不到。他曾经做过汽车销售、股票场外经纪人、佣金代理商，还当过演员。若是这个世界上有一点公平正义，那他的余生就算不是在牢里度过，起码也应该穷困潦倒。可是命运就是这么荒谬，造化弄人，他到最后居然继承了从男爵的爵位，得了一大笔钱，不惑之年还能娶到一位美丽、聪明的太太，并且顺利生下两个健康、漂亮的孩子，他的未来有钱、有地位，并且体面。他对人生的态度比他对女人严肃不了多少，可人生对他却跟女人对他一样好。如果他回想过去的经历，只会觉得志得意满；他有过滋润日子，也享受过大起大落；而现在，他健健康康、问心无愧地准备好安分地做一位乡绅，再在该养孩子的时候把孩子养大；等到选区任议会代表的那个老家伙一命呜呼，哎呀，他就可以亲自接替进国会了。

“我可以给他们透露一些他们不知道的内幕。”他说。

他可能是知道一些，但是他忘了停下来想一想，或许这些内幕他们根本就不想知道。

一天下午，大约日落时分，弗雷德·哈迪走进克鲁瓦塞特大街上一家酒吧。他是个爱交际的人，不太愿意独酌，于是他四下里张望，看有没有熟人。他一眼看见了罗伯特，他刚刚打完高尔夫，坐在这里等埃莉诺。

“嘿哟，鲍勃，喝一杯吗？”

罗伯特吓了一跳。在里维埃拉，从来没有人叫他鲍勃。他看见来人是谁以后，僵硬地回答说：

“我喝过了，谢谢。”

“再喝一杯嘛。我母亲就不赞同我在两餐之间喝酒，等我想办法离开她后，总会在这个点儿浅酌一小口。我不知道您什么看法，但我认为上帝创造出六点，就是为了让男人们喝一口的。”

他一屁股在紧挨着罗伯特，在那张真皮双人大沙发里坐下，叫来招待。他朝罗伯特露出温和而迷人的笑容。

“老弟，从我们认识的那天算起，真是光阴如流水，你说是不是？”

罗伯特眉头微蹙，瞥了在旁人看来可以形容为谨慎的一眼。

“我不是很明白您的意思。据我尽力回忆，我们第一次见面也不过是三四周前，您和您太太好心地来我家和我们共进午餐。”

“拉倒吧，鲍勃。我就知道我以前见过你。起初我还想不太起来，后来突然想到了。你是布鲁顿大街那家修车厂里的洗车工，我的车之前都在那儿保养。”

福雷斯蒂尔上尉听了，哈哈大笑起来。

“我很抱歉，不过您搞错了。我从来没听过这样荒唐的事。”

“我的记忆该死的好呢，见过的人从来不会忘记。我打赌你也没有忘记我。我不想麻烦自己把车开去修车厂的时候，你来我寓所取车，我可是半克朗半克朗给过你不少呢。”

“您绝对是在胡扯。您来我家做客之前，我从未见过您。”

哈迪兴味盎然地咧嘴一笑。

“你知道我很久以来都是柯达的发烧友。我时不时就出去拍照，攒了很多胶卷。如果您知道我找到一张您站在我刚买的一辆双座跑车前的照片，会不会很吃惊呢？就算那会儿你只穿着连体工装，脸上也脏兮兮的，可长得还是也真他妈好看。当然了，你现在发了福，头发也白了，而且还留了小胡子，但模样没有变。确定无疑。”

福雷斯蒂尔上尉冷冷地看着他。

“您一定是被误导了，碰巧长得像而已。您赏给半克朗小费的，另有他人。”

“哦，那么如果你一九一三年到一九一四年间没在布鲁顿修车厂里当洗车工的话，敢问是在何处高就呢？”

“我当时在印度。”

“军团么？”弗雷德·哈迪又咧嘴笑起来。

“打猎。”

“骗子。”

罗伯特的脸涨得通红。

“这里实在不是一个打架的好地方，不过如果您觉得我还会留在这里，受一头喝多了的猪猡的侮辱，那么您就想错了。”

“你要不要听听，我还知道你什么事儿？你知道事情是怎么一件接一件想起来的，我记起来的可着实不少呢。”

“我一丁点兴趣都没有。我说过了，您的的确确是弄错了。您把我和别人搞混了。”

但他并没有要走的意思。

“就算在那个时候，你也是个小懒鬼。我记得有一次，我要一大早到郊外去，我嘱咐过你九点的时候车一定要洗好，结果没有，我大闹了一场。老汤普森跟我说你爸爸是他的旧相识，他看你穷困潦倒，出于好心才收留你。你父亲之前在一家俱乐部当酒保，是怀特大街上的还是布鲁克大街上的我忘了，你自己在那儿当过门童。如果我没有记错的话，你后来被招进了冷溪近卫团，后来被人花钱赎走做了那人的贴身男仆。”

“编得真是天马行空。”罗伯特轻蔑地说。

“我还记得，有一次我休假在家，去修车厂的时候老汤普森跟我说你应征去了皇家陆军补给与运输勤务队。你再也不敢冒任何风险，对不对？一直以来，你都是在吹牛皮，不是吗？编了那么多我听过的打仗时的英勇事迹？我想你应该是服过一次役，还是说连这个都是假的？”

“我当然服过役。”

“哦，那些日子的确有很多有意思的人，不过你知道吗，老弟，如果你真的在皇家陆军补给与运输勤务队服过役，换作我是你，便绝不会戴着近卫团的领结。”

福雷斯蒂尔上尉本能地伸手摸了摸自己的领结，而弗雷德·哈迪目带嘲讽地看着他；他虽然皮肤黝黑，但相信自己的脸色一定变得惨白。

“我戴何种领结与您无关。”

“别激动嘛，老弟。你没有理由狗急跳墙。我虽然知道你的老底，但不打算揭穿你，所以为什么不老实承认了呢？”

“我没什么好老实承认的。我跟你说了，这就是一个可笑的错误。我必须要警告你，如果我发现你四处散播编造有关我的谣言，我会立刻找律师告你诽谤。”

“省省吧，鲍勃。我不会散播任何闲话的。你以为我在乎吗？我只是觉得这整件事很有趣罢了。我对你没有恶意。我过去也是个爱冒险的，我很欣赏你居然能撒下这样的弥天大谎。从一个跑腿儿的摇身一变成了骑兵，后来又当过贴身男仆和洗车工；而现在，瞧瞧你，一位上流社会的绅士，住着豪宅，来往的全都是里维埃拉的大人物，得过高尔夫锦标赛，还是帆船俱乐部的副总裁，还有很多我不知道的事。你在戛纳是时尚达人，这点绝不会错。这太惊人了。我过去也干过一些铤而走险的事儿，但你才算得上是胆大包天；老弟，我要向你脱帽致敬。”

“我也希望能当得起您的恭维。我父亲当过印度骑兵，我生而为绅士。或许我没有特别耀眼的履历，不过我也十分确定没有做过什么可耻的事。”

“哦，得了吧，鲍勃。我不会说出去的，你知道，甚至对我母亲也不会。我从来不会对女人说些她们没有准备好听的事。相信我，如果我没有给自己定下这样的规矩，我可能比现在名声还要臭。我一早就该想到，如果周围能有一个让你做自己的朋友，你会很高兴。你心里那根弦是不是从来没松过？把我拒于千里之外，那你可太傻了。我又没抓到你什么把柄，老弟。没错，别看我现在有爵位又有土地，但我人生里也有过十分困难的时候，我很诧异自己怎么一直没被抓进去。”

“大家都很诧异。”

费雷德·哈迪爆出一阵狂笑。

“你这是逗我呢，老弟。话说回来，如果你不介意我这么说的话，我觉得你跟你太太说，我不是适合她深入交往的对象这句话，有点太过分了。”

“我从来没说过这种话。”

“哦不，你说过。她是一个慷慨的老姑娘，不过有一点唠叨，我说的对不对？”

“我不准备和你这种人讨论自己的太太。”福雷斯蒂尔上尉冷冷地说。

“哦，别他妈跟我装绅士，鲍勃。我们是一对不折不扣的浪子。如果你能有点见识，我们两个可以一起去挥霍。你满嘴谎话、不诚实、隐瞒一切，不过你对妻子似乎倒是十分忠诚，这对你有好处。她对你言听计从，是不是？有趣的女人。她是一个非常好的女人呢，鲍勃。”

罗伯特的脸涨得通红，他攥紧拳头，已经离开椅子，半直起身子了。

“混蛋，不准再谈论我太太。若是你敢再提她的名字，我发誓一定把你揍趴下。”

“哦不，你不会的。你可是一位非常了不起的绅士呢，不会打比你弱小的人。”

哈迪讥讽地说出这番话，看着罗伯特，如果对方伸出那了不起的拳头，他也做好了躲闪的十分准备；这双拳头还是十分有威慑力的。罗伯特跌坐回沙发里，松开了拳头。

“你说的没错。但只有卑鄙的人才会利用这一点。”

这个回答真是太戏剧性，弗雷德·哈迪咯咯直笑，不过后来他才反应过来这人是认真的。他是一本正经地在回答。弗雷德·哈迪可不傻；如果他连别人对自己的看法都看不透，不能将拿捏尺寸在可容忍的范围内，那他活不过前二十五年。现在，他吃惊地盯着面前这个魁梧、强壮的男人，看起来就是典型的英国运动家做派，稳稳地坐在沙发里，他突然闪过一丝了悟。这个人可不是搞定一个蠢女人，让自己过得奢华逍遥的普通骗子，她只不过是一种实现更加伟大目标的手段。他痴迷于一种理想，为了实现它可以不惜一切。或许这种想法在他还是那间时髦俱乐部跑腿儿的时候就萌发了；那些客人的休闲懒散和随意举止，或许让他非常向往；后来他当过骑兵，当过贴身男仆，当过洗车工，他遇见过的许多人，都属于一个完全不同的世界，只能隔着一层英雄崇拜的迷雾仰望，这或许令他心中又羡慕又嫉妒，他想成为他们中的一员。这个理想令他魂绕梦牵。他一门心思想——这想法真是又可笑，又可悲——他一门心思想要成为一名绅士。那场战争，那张送给他的服役状，给了他一个机会。埃莉诺的财富为他铺了一条路。这个可怜的家伙花了二十年装成另外一个人，唯一的价值不过是假装这个虚拟的身份是真实的。这太可笑，也太可悲了。不自觉地，费雷德·哈迪把心中的想法说了出来。

“可怜的老弟。”他说。

福雷斯蒂尔飞快地看了他一眼。他不懂这些话什么意思，也不明白他这个语气是什么，他立刻激动起来。

“你什么意思？”

“没什么，没什么。”

“我不觉得我们两个还有聊下去的必要。很显然，无论我怎么说，都不能说服您承认自己认错人。我只好再次重申，您说的那些都不是真的。我不是您口中说的那个人。”

“好吧，老弟，你自便。”

福雷斯蒂尔叫来招待。

“您需要我替您付账吗？”他冷冰冰地说。

“好呀，老弟。”

福雷斯蒂尔递给招待一张纸钞，神态有那么一丝庄重，跟他说零头不用找，随后一个字没有再多说，也没有再看弗雷德·哈迪一眼，就昂首阔步地走出酒吧。

直到罗伯特·福雷斯蒂尔丧命的那个晚上，他们两个都再没有碰过面。

冬去春来，里维埃拉的一众花园繁花似锦。山坡上野花遍地，低调绽放。春走夏至。城里，里维埃拉的大街都火辣辣的，热气蒸腾逼人，让人血液循环的速度都变快了；而女士们走在街上，全都穿着薄纱，头戴巨大的草帽。海滩上人满为患。男士们穿着游泳短裤，而女士们近乎全裸地躺在太阳底下。傍晚时分，克鲁瓦赛特大街上的酒吧被蜂拥而至的人们挤得水泄不通，这些不满足、来闲磕牙的人如同春日里争艳的群芳。已经有好几周没有下过雨。海岸沿线的森林里发生了好几场大火，罗伯特·福雷斯蒂尔依然用爽朗、打趣的口吻，在不同场合说过，如果他们住的森林着火，他们或许生机渺茫。有那么一两个人建议他，在他家宅子后面砍出一个防火带；但是他不忍心：福雷斯蒂尔夫妇买下这块地的时候，这片树林惨不忍睹，不过一年一年过去，枯死的林木被伐走清掉，空气清新，害虫无踪，整片林子变得壮丽极了。

“天哪，如果砍掉一棵树，那就像是砍掉我一条腿。这片林子大部分的树都得有一百年了。”

七月十四日当天，福雷斯蒂尔夫妇赴蒙特卡洛去参加晚宴，他们给仆人放了假，让他们去戛纳玩。那天正好是国庆节，在戛纳，他们可以在法国梧桐下跳舞，还有烟花大会，人们从四面八方汇聚到这里，尽情玩乐。哈迪夫妇也给仆人放了假，他们自己则留在家里，两个小孩子已经睡觉。弗雷德在玩单人扑克牌，哈迪太太在织铺在椅子上的坐垫。突然门铃大响，还有砰砰的砸门声。

“是哪个混蛋在砸门？”

哈迪走去开门，门口有个男仆跟他说福雷斯蒂尔夫妇宅子外面那片森林着火了。有人已经从村子动身赶过去救火，但是他们需要动员起所有能动员的人，他也得来。

“我当然去。”他匆匆回去对太太说，“叫醒孩子们，带他们上山去看热闹。天哪，天旱成这样，肯定会着火。”

他匆忙出了门。仆人告诉他，他们已经给警察局打了电话，他们会派警队来。还有人尝试联络蒙特卡洛，把消息告诉福雷斯蒂尔上尉。

“他回来最快也要一个小时。”哈迪说。

他们往山上跑，看见冲天的火光，山顶已经火舌攒动。这里没有水，唯一的办法就是找东西把火扑灭。已经有很多人在这样做了。哈迪也加入他们中间。但是，你刚扑灭一棵树上的火苗不久，另一棵树就开始噼啪作响，你还来不及转头 那树便已成了熊熊燃烧的火炬。大火热浪骇人，来救火的人无法支撑，一点一点被逼退。微风拂过，火花随风从树上飘到灌木上。几周的久旱，已经让所有东西都干得像火绒，火花落到树上、丛林的那一刻，立刻燃成火苗。如果这还不算可怕，那么亲眼看见一棵六十英尺高的巨冷杉烧得像根火柴，那就真是令人敬畏了。大火咆哮，好像工厂熔炉里的火。灭火的最佳办法就是砍倒几棵树和几片灌木丛，但是人手实在不够，而且只有两三个人拿了斧子。唯一的希望就是警队，他们惯于处理这样的森林大火，但是他们还没有到。

“除非他们马上就到，不然这所房子是没救了。”哈迪说。

他看见自己的太太领着两个孩子上到山顶，于是朝他们挥挥手。他已经满脸乌黑，汗顺着脸流下来。哈迪太太跑过来。

“哦，弗雷德，那些狗，还有鸡。”

“天哪，是的。”

犬舍和养鸡场都在大宅后面一处林间开辟出的空场里，这些可怜的小动物已经被吓慌了神。哈迪把它们放出来 它们慌乱地冲向安全地带。现在也只能任由它们自己乱跑，稍后再把它们赶到一起。此时，从很远的地方也能看到火光。可警队还没有到，而这一小群前来救火的人，在越来越大的火势面前，无能为力。

“如果那些该死的警员再不来，这房子肯定保不住。”哈迪说，“我认为我们最好把里面能抢救的东西都抢出来。”

宅子是石砌的，但四周都是木板搭的露台，这些露台也会烧得跟柴火一样。福雷斯蒂尔家的仆人此时也赶到了。他将仆人们集合起来，他的太太和两个孩子从旁协助；他们将能抢救的东西全都搬出来，摆在屋前的草坪上，例如便携打字机、亚麻制品和银器、衣服、摆件、油画，还有一些家具。警队的人终于到了，整整两卡车，他们立刻有条不紊地挖起沟壑，砍伐树木。哈迪拉着负责指挥的警官，指着危难迫在眉睫的房子，求他先把房子四周的树伐倒。

“那所房子只能自求多福。”他说，“我的任务是防止大火向山后扩散。”

盘山路上亮起两道车灯，朝这里蜿蜒而来。几分钟后，福雷斯蒂尔先生和他太太从车上冲下来。

“狗在哪儿？”他喊道。

“我把它们放出来了。”哈迪说。

“哦，原来是您。”

哈迪先生混在一群身上脏兮兮的人中间，脸上布满尘灰，还混着汗水。福雷斯蒂尔先生一开始并没有认出他来，他生气地皱起眉头。

“我本来以为可能会也会受牵连，于是把能搬的东西都搬出来了。”

福雷斯蒂尔看着着火的森林。

“哦，这就是我这片林子的最终结局。”他说。

“警员们都在山那边忙着，他们要救下临近的财产。我们最好也过去，看看能不能救出什么东西。”

“我去。您就不必了。”福雷斯蒂尔暴躁地大喊。

突然，埃莉诺痛苦地大叫一声：“哦，快看，房子。”

他们从站着的地方，看见房后一处露台突然蹿出了火焰。

“没事的，埃莉诺。房子烧不掉，能烧掉的只有那些木制的东西。替我拿着外套，我去帮警员们的忙。”

他脱掉晚宴的礼服，把它交给自己太太。

“我和你一起去。”哈迪说，“福雷斯蒂尔太太，您最好先去看着您家的东西。我们把所有认为值钱的东西都搬出来了。”

“谢天谢地，大部分珠宝我都戴在身上。”

哈迪太太是一位很有眼力价的女人。

“福雷斯蒂尔太太，我们去把仆人召集起来，把我们能搬动的拿下山暂时放我家。”

两位男士一起朝着警员救火的地方走去。

“十分感谢您帮忙把我家的东西抢救出来。”罗伯特僵硬地说。

“不客气。”弗雷德·哈迪回答。

他们没走多远，就听见有人喊叫。他们四下张望，模糊中看见一位女士追着他们跑过来。

“先生们，先生们。”

他们停下来，这位女士伸着手臂，冲到近前。原来是埃莉诺的女仆，她神情悲痛。

“小朱蒂，朱蒂。我们出门时，我把它关在屋子里了。它正在发情期。我就把它关在了仆人的浴室。”

“我的上帝啊！”福雷斯蒂尔先生叫起来。

“朱蒂是谁？”

“是埃莉诺的狗。我必须去救她，不惜任何代价。”

他转身，迈步就要往宅子跑。哈迪一把拉住他胳膊，不让他过去。

“别他妈犯傻了，鲍勃。房子烧起来了。你进不去的。”

福雷斯蒂尔挣扎着要甩开他。

“放开我，混蛋。难道你认为我会放任一条狗被活活烧死？”

“哦，闭嘴。现在不是你继续装的时候！”

福雷斯蒂尔甩开哈迪，但是哈迪扑过去直接把他抱住。福雷斯蒂尔攥起拳头，朝着哈迪的脸上狠狠揍过去。哈迪踉跄了几步，松开手，福雷斯蒂尔又打了他一拳；哈迪跌倒在地。

“你这个烂透了的暴发户。我要让你好好看看，绅士是怎么样的。”

弗雷德·哈迪慢慢地站起来，摸着自己的脸，火辣辣的疼。

“天哪，明天我眼睛肯定成了乌眼鸡。”他有点颤抖还有点头晕。女仆突然歇斯底里地泪如泉涌。“闭嘴，小娼妇。”他蛮横地叫起来，“不许对你的女主人说一个字。”

福雷斯蒂尔现在不知道去哪儿了。一个半小时以后，他们才找到他。他们发现他躺在浴室外面的露台上，死了，怀里还抱着一条死去的锡利哈姆犬。哈迪盯着他看了许久，才开口。

“傻瓜。”他喃喃地从牙缝里挤出这句话，愤怒异常，“真他妈傻！”

最终，福雷斯蒂尔上尉的欺骗罪名得以赎清。就好像一个钟爱自己恶习的人，直到恶习牢牢扼住他的脖子，将他变成无助的奴隶，他骗了这么久，到最后自己都相信了这个谎言。鲍勃·福雷斯蒂尔假装是一位绅士假装了这许多年，到最后，他已经忘记了一切都是虚假的，他是发自内心地扮演着他那颗愚蠢、刻板的大脑中认为一位绅士应有的做派。他再也分不出虚妄和现实，他为了一个臆想出来的英雄主义牺牲了自己的性命。而弗雷德·哈迪不得不将这个噩耗告诉给福雷斯蒂尔太太。她和自己的太太一起，去了山下他们的宅子里，她依然认为罗伯特在和警员们一道伐树，清理灌木丛。他告诉她这个噩耗时已经尽可能的温和，可他必须告诉她，必须把一切都如实相告。起初，她觉得自己好像不明白他话里的意思。

“死了？”她叫起来，“我的罗伯特？死了？”

弗雷德·哈迪，这个纨绔子弟、这个浪子、这个寡廉鲜耻的恶棍，握住她的双手，说了唯一能支撑她面对这痛苦的一句话。

“福雷斯蒂尔太太，他是一位十分英勇的绅士。”

教堂司事

下午的时候，内维尔广场的圣彼得大教堂要做一场洗礼，阿尔伯特·爱德华·福尔曼依旧穿着自己那件司事长袍。他有一件全新的，叠得整整齐齐、见棱见角，仿佛它不是羊驼材质，而是一种永不磨损的青铜所制。这件衣服他只留在葬礼和婚礼的场合才穿（纳威尔广场的圣彼得大教堂是上流社会人士偏爱的教堂，种种重大仪式都选在这里举办），他现在身上这件是他第二好的衣服。他穿着这身衣服，很是志得意满，因为它彰显了他职业的庄严高贵，若是没脱下（比如说他换衣服下班回家），便会觉得不安，浑身上下都不对劲。他对这件袍子可谓煞费苦心，压实、熨平都是自己亲手来。他在这座教堂做司事的十六年间，这样的袍子穿过无数，就算穿破了也一件不肯扔，只叠得方正，用牛皮纸包起来，放进卧室衣柜最底层的抽屉里收好。

教堂司事默默地忙着自己的事，换掉大理石洗礼盘上的油漆木盖，撤掉为身体虚弱的老妇准备的椅子，等着牧师从小礼拜室里出来，自己好进去收拾一下，然后下班回家。刚刚他看见牧师走去圣坛，在高高祭坛的前面跪了一跪，然后顺着教堂夹道走过来；但牧师身上的法衣还没有脱。

“他磨蹭什么呢？”司事自言自语道，“难道他不知道我要赶着回去喝下午茶？”

牧师是最近刚任命的，是个面色红润、活力充沛的中年人，刚刚四十出头。阿尔伯特·爱德华依然对他的前任念念不忘，那是一个老派的牧师，声音清脆，传教布道时从容不迫，常常外出去教区里的贵族家里吃饭。他希望教堂里的一切都恰如其分，但从来不过分苛求；他可不像这个新来的，恨不得在每个地方都插一手。不过阿尔伯特·爱德华很宽容。圣彼得大教堂处在一个非常优秀的社区，教区里居民都是教养良好的上层人。新牧师刚刚从东区过来，不能指望他在短短几日，就能处处做到上流社会所要求的谨慎小心。

“这洗礼办得忙忙乱乱。”阿尔伯特·爱德华说道，“不过假以时日，他会好起来。”

牧师顺着教堂夹道走过来，直到他能够不必扯着嗓子讲话时，方才停下。他用跟做礼拜时差不多的音量说：

“福尔曼，您能到小礼拜室来一下吗？我有点事要同您说。”

“好的，阁下。”

牧师等着他跟上，两个人一起往教堂前面走去。

“我认为，这场洗礼真不错，阁下。您刚把小宝宝抱起来，他就不哭了，真有意思。”

“我留意到婴儿通常都是这样的。”牧师说着，微微一笑，“毕竟，我常跟婴儿打交道，经验丰富得很。”

对他来说，这是一种抑制于心底的自豪感的源泉，他只要把哭泣的婴儿抱起来，几乎每每都可以令他们安静下来；他也留意到婴儿的母亲、保姆看着他将小宝宝放进他穿着白法袍的臂弯里，脸上流露出的敬佩和由衷赞美。司事知道恭维牧师在这方面的天赋，能够令他开心。

牧师领着阿尔伯特·爱德华走进小礼拜室，他发现这里已经坐了两位教会委员，微微有些诧异。他并没有看见他们走进来。他们朝他和蔼地点点头。

"大人，下午好。阁下，下午好。"他一一向二人问好。

这两位都是长者，毫无例外，他们担任教会委员的年头几乎和阿尔伯特·爱德华担任教堂司事的年头一样久。此时，他们两个坐在一张漂亮的长餐桌左右，这桌子是许多年以前老牧师从意大利买回来的，牧师走到二人中间空着的主位落座。阿尔伯特·爱德华面冲着他们，长餐桌梗在他与他们中间，他心里有点忐忑，不知道怎么回事。风琴演奏师上次有麻烦的情形他仍记忆犹新，也记得这个麻烦他们所有人都闭口不谈。在纳威尔广场圣彼得大教堂这样的地方，绝不能有丑闻。牧师红润的脸上露出的神情无疑是仁慈的，但另外两位的表情就有点问题了。

"是他把他们请来的，一定是。"司事暗暗思忖，"他肯定是有求于他们，但他们半点都不愿意。一定是这样，我敢肯定。"

不过阿尔伯特·爱德华刮得干干净净、杰出高贵的脸上并没有表现出半分心里所想，他站在原地，毕恭毕敬，却并不谄媚阿谀。他在接受神职职位的任命之前，曾经也伺候过人，但都是在高门大户，他的行为举止始终无懈可击。最开始，他是在一个富商家里当跟班，之后被提拔过几次，从四等仆人一路升到一等男仆；后来，他去了一位守寡的贵妇家里，做了一年仆役长；在来圣彼得大教堂补司事的空缺之前，他已经是一位退休大使家里的管家，手底下带了两个人。他身材高大精瘦，为人严肃，仪表堂堂。单从外表而言，他就算不像是伯爵，至少也是那种老派的演员，专门饰演伯爵这类的角色。他老成、坚定、自信，性格无可挑剔。

牧师轻快地开口。

“福尔曼，我们有些令人不那么愉快的话要对您讲。您在这里效力这么多年，我想宗教议会和诸位委员大人都会同意我的看法，认为您完美履行了自己的职责，每一个人都很觉得很满意。”

两位教会委员点点头。

“但是那天我得知了一件令人非常惊奇的事，我觉得有责任把它上报给诸位教会委员。我震惊地发现，您既不会读又不会写。”

司事的脸上一丝尴尬也无。

“这件事前任牧师是知道的，阁下。”他回答道，“他觉得这没什么大不了。他总是说，依他看来，这世界上的人对教育有些太过看重了。”

“这是我听过最有意思的话。”教堂委员说，“您的意思是说，您在担任这里司事的十六年间，从来没有学过读和写？”

“我十二岁时就开始当仆人，阁下。在第一家当差的厨子曾经试过教我，不过我好像掌握不了这方面的诀窍，后来事情一件接一件，我就没时间再学。我从来没有发自肺腑地觉得有学的必要。我认为很多年轻人浪费在读书上面的时间太多了，他们本可以去做一些更有用的事。”

“可是您不想了解新闻吗？”另外一位教会委员问道，“难道您从来不想写信吗？”

“是的，大人，我觉得不会这些，也活得很好。而且最近几年，报纸上常常刊登大量照片，我完全得以很好地了解都发生了什么事。我太太学富五车，假如我想要写信，她会替我执笔。我也不怎么喜欢买赛马票，用不着计算什么。”

两位教会委瞥了牧师一眼，觉得有些棘手，随后双双低头盯着桌面。

“哦，福尔曼，我和诸位绅士们商讨过这件事，他们一致同意我的看法，这种情况不能继续下去。像圣彼得大教堂这样的地方，我们不能留一个既不会读又不会写的司事。”

阿尔伯特·爱德华瘦削、灰黄的脸一下子涨得通红，他不安地挪动着双脚，却什么也没说。

“您要理解我，福尔曼，我并无意同您作对。您做的工作令人十分满意，我极其认可您的品行和能力；但是留您这样可怜的愚昧人在，我们可能会遇到一些潜在的风险，请恕我们无权冒这等风险。审慎同原则一样，都十分重要。”

“况且福尔曼，您不是还可以去学吗？”教会委员问道。

“不行，阁下，恐怕到了现在，我已经学不了了。您知道，我年纪已经不小了，我年轻的时候都没有办法将那些字母记住，现在更没有这个可能。”

“我们不希望难为您，福尔曼。”牧师说，“但是我和宗教议会的诸位已经下定了决心。我们会给您三个月时间，如果到时您还学不会读写，恐怕我就不得不请您离开了。”

阿尔伯特·爱德华一直都不喜欢这位新牧师。他从一开始就说，他们将他调来圣彼得大教堂是一个错误，他这种人不是上流社会举办圣会时钟爱的人选。现在，他微微挺直了身板。他知道自己的价值，他不会允许自己成为牺牲品。

“非常非常抱歉，阁下，我恐怕这个决定是错的。我已经是条老狗，学不会新花样。我不会读和写，这么多年也活得很好，我不是自夸，自夸不是一种值得鼓励的行为，但我也不介意说，我前半生的工作都是在这样的状态下完成，这令人欣慰，它是我能够留下继续工作的仁慈证明，而且就算我现在能够学会，我也不想去学。”

“若是那样的话，福尔曼，我恐怕必须请您离开了。”

“是的，阁下，我完全明白。只要您找到能够接替我位置的人，我会很乐意递上辞呈。”

阿尔伯特·爱德华像往常一样，彬彬有礼地送别牧师和两位教会委员，看他们关门离去之后，再也维持不住一派镇定自若的高贵举止，这种打击给他带来的痛苦再也压抑不住。他的嘴唇哆嗦起来。他慢慢地走回小礼拜室，将自己的司事法袍挂在应挂的地方。他想起自己曾经经历过的那些盛大的葬礼和时髦的婚礼，不禁叹了口气。他将所有东西打包收拾好，穿上外套，拿着帽子顺着教堂夹道往外走，出去之后锁好教堂的大门。他溜达着走过广场，但是因为太过伤心，拐错了路口，并没有走往常那条回家的路；此时此刻，家里还有一杯美味的浓茶在等他。他慢慢顺着路走，心情沉重，不知道自己该如何是好。他也不乐意再回去做别人家的佣人；他已经当自己的主人这么多年，随便牧师和宗教议会怎么说，事实上管理纳威尔广场这间圣彼得大教堂的人都是他，他实在无法再作践自己去接受伺候人的差事。他有一大笔存款，但是并不够无所事事地度过余生，而且生活费似乎每年都在涨。他从来没想过自己会有这方面的困扰。圣彼得大教堂的司事和罗马的教皇一样，都是终身制的。他以前常常想，等他死了，履行完这份漫长而又忠心的职责之后，牧师会在第一个礼拜日的晚祷中，在自己的训诫词里添上对他们上任司事令人欣慰的追悼——阿尔伯特·爱德华·福尔曼的品格堪称人人效仿之典范。他深深地叹了口气。

阿尔伯特·爱德华既不抽烟，也从不沾酒，但有时会有例外；比如说他喜欢在用餐时来一杯啤酒，在疲倦时点上一根烟享受一下。此刻，他碰巧觉得如果来一支烟的话会好受一点，而鉴于他身上没带着烟，于是便想寻家店铺，进去买包金薄片香烟。但是他一家店铺都没看到，于是又往前走了一段。这条路很长，各种店铺林立，但就是没有一家卖烟的。

“这太奇怪了。”阿尔伯特·爱德华说。

为了确认，他又把这条街从头到尾走了一遍。是的，这里一家卖烟的都没有。他停下来，前后看着，若有所思。

“我肯定不会是唯一一个走这条路时想要抽烟的人。”他说，“如果有人在这家店铺上开个小店，赚一大笔，我一点都不奇怪。你知道，专门卖烟草和糖果。”

他突然灵光一现。

“就是这个主意。”他说，“多奇妙啊，机会往往在你意想不到的时候自己就来了。”

他转身，走回家，品着茶。

“阿尔伯特，你今天下午都没怎么说话。”他的太太说道。

“我在想事情。”他说。

他把这件事的方方面面全都考虑周全，第二天便自己去了那条街，幸运地找到一个对外出租的小铺子，看起来完全符合他的要求。二十四小时以后，他便将铺子拿到手。一个月以后，他离开了纳威尔广场的圣彼得大教堂，永远。然后阿尔伯特·爱德华·福尔曼便着手开创事业，成了烟草零售商和报刊经销商。他的太太说，这真是前圣彼得大教堂司事的可怕堕落，但他却回答说人必须要审时度势、顺势而为，教堂已经不是从前的样子，因此他也要让归于恺撒的重归恺撒。阿尔伯特·爱德华做得非常成功。他在一年里就已经做得风生水起，所以他灵光一现或许应该再开一间铺子，雇一位经理。他寻找起另外一条没有烟卖的长街，找到以后，再找出租的铺子，租下，进货。这间铺子也成了。然后他又灵光一现，觉得既然能经营两间铺子，自然也能经营六间，于是他走遍整个伦敦，只要找到没有烟卖的长街，就在那里租一间铺子。十年之后，他手里差不多有十几间铺子，他赚得盆满钵满不费吹灰之力。每周一，他都要把自己所有的店铺都巡视一遍，敛回一周的盈余，把它们存进银行。

一天上午，他去银行存一大卷钞票和一袋子沉甸甸的银币，柜台的营业员对他说，银行经理想要见见他。他被领去办公室，经理同他握手。

“福尔曼先生，我很想和您谈谈您存在我们银行里的钱。您知道总共有多少吗？”

“虽然不能精确到有几磅，先生，不过粗略的大数还是知道的。”

“除了您今天上午的存款，总共三万镑还略有富余。这可是一大笔钱存款，我建议您最好把它拿去投资。”

“我不想冒任何风险，先生。我认为钱还是存进银行最安全。”

“您一丁点担心都不必有。我们会替您全都兑换成金边债券，这些国债的利率比我们能提供给您的要高得多。”

福尔曼先生高贵的脸上现出疑惑，他说：“我从来没有接触过股票证券这些，我只是想把钱存在你们银行而已。”

经理笑了：“我们负责处理所有细节。你只要下次来的时候签一下授权文件就好。”

“这没问题。”阿尔伯特犹豫地说，“可我怎么能知道自己签署的是什么东西呢？”

“我想您应该识字吧？”经理问得稍微有点尖利。

福尔曼先生朝他露出示好的微笑。

“哦，先生，正是这个问题。我不认识。我知道这听起来很滑稽——不过实情就是这样，我不会读也不会写，只会写自己的名字，这还是我做了生意以后现学的。”

经理惊讶极了，一下子从椅子上跳起来。“这真是我听过最不可思议的事。”

“您知道的，先生，事实如此，我从未有过受教育的机会，最后就算想学也已经晚了，再说我其实并不想学。我就是这样的固执。”

经理瞪着他，好像他是史前怪兽。

“您的意思是说，您建立起这样伟大的事业，积累了三万镑的财富，却不会读也不会写？我的天哪，先生，如果您会读又会写的话，现在会是什么？”

“这我可以告诉您，先生。”福尔曼先生说，依旧高贵的面容上溢出一丝笑意，“我会是纳威尔广场圣彼得大教堂的司事。”

患难之交

我研究我的同胞迄今已经三十载，但还是不太了解他们。我肯定不会只凭外表去雇佣仆人，但我们在见到一个人的时候，却希望能通过外表去判断出个大概。我们从彼此下巴的形状，从眼神，从唇形得出结论。我不知道我们这样做的准确率有多少。小说和戏剧之所以往往与现实不符，就在于它们的作者经常把人物写得太单一。这或许是避免不了的，他们担不起塑造出自相矛盾的人物的后果，因为那样写出的人物太过复杂，无法理解；可自相矛盾才是我们多数人的常态，我们就是各种矛盾品质捆绑在一起的偶然集合体。在那些教逻辑的书本里，他们会告诉你，说黄色是管状的，或者感激之情比空气要有分量，是很可笑的；但是在一个互相矛盾的混合体心里，会编出黄色很有可能是马或马车，而感激之情就是下周过半。每当有人告诉我，他们看人的第一直觉往往不会错时，我一律耸耸肩。我想他们要么是洞察力不够，要么就是在吹牛皮。就我自己来说，我发现认识一个人的时间越长，对他们便越发困惑：我的多年老友正是我可以说我对他们没有丝毫了解的一群人。

我之所以想起这些，是因为我今天早上在报纸上看到爱德华·海德·伯顿在神户逝世的消息。他是个商人，在日本做了多年生意。我对他的了解少得可怜，但他引起我的兴趣，是因为有一次他曾经让我很是震撼。如果不是我听他亲口说，我绝对不会相信他能做出那样的举动。这件事最令人震惊之处，就在于如果人真是表里如一的话，他无论是外表还是言行，都不像是能干出这件事的人。他是一个身材矮小的家伙，身高不超过五英尺四英寸，非常瘦，一头白发，红彤彤的脸庞上满是皱纹，双眸湛蓝。我刚认识他那会儿，还以为他得六十多了。他总是收拾得干净利落，穿着十分符合他的年龄与地位。

虽然伯顿把办公室设在神户，但他常常去横滨。刚巧，我有一个机会要在那里逗留几天等船，于是便和他在英国俱乐部里经人引荐相识。我们两个一起打了桥牌。他打得一手好牌，极有天赋。他话不多，但只要开口，往往说得都很有道理；后来我们时不时在一起喝酒，他也依然是这样。他自有一种温顺的冷幽默。他在俱乐部里似乎很受欢迎，他不在的时候，别人都说他是最好的家伙。刚巧我们两个又都住在大饭店，第二天他邀我跟他共进晚餐。我也见到了他的太太和两个女儿，他的太太是个上了岁数、胖胖的女士，一直面带微笑。很显然，这是其乐融融的一家人。

我想伯顿身上最触动我的，就是他的善良。他那双温和的蓝眸里含着某种特别讨喜的东西，他的嗓音也很温柔——你想象不出他愤怒时提高嗓门的模样；他的笑容也很和蔼。这个人之所以吸引你，是因为你能感觉出他是真心爱着自己的同伴。他很有魅力，而且在他身上又找不出丝毫令人厌恶的东西：他喜欢打牌，喜欢鸡尾酒，讲的故事活色生香，他年轻时也能算是个运动员。他很富有，但每一分钱都是自己挣来的。我以为，能促使别人喜欢他的一个原因，是因为他那样矮小、脆弱；他会激起你的保护欲。你觉得他可能连伤害一只苍蝇的后果都承担不起。

一天下午，我正坐在大酒店的休闲吧里。此时大地震还没发生，休闲吧里还放着真皮的单人沙发。从窗口望去，车水马龙的港口一览无遗。这里的班轮有开往温哥华的，也有开往旧金山的，或者途经上海、香港、新加坡，再前往欧洲的。各国的货轮也都停靠在这里，这些船饱经风浪、锈迹斑斑，高大的船尾上堆着杂物，桅杆颜色艳丽，舢板数之不尽。这一派景象可谓繁荣兴盛，可不知为什么，却也让人觉得内心平静。这样一种传奇，似乎你只要伸出手就能摸到。

伯顿刚走进酒吧，就看见了我。他在我旁边的沙发坐下。

“小酌一杯如何？”

他抬手叫来服务生，点了两杯杜松子汽酒。服务生去拿酒的工夫，一个人从外面大街走过，他看见我，挥了挥手。

“您认识特纳尔？”我点头打招呼时，伯顿问道。

“我在俱乐部里见过他。我听说他是这里的侨民，靠国内的汇款过活。”

“是的，我想是这样。这里有很多这样的人。”

“他桥牌打得很好。”

“这些人都这样。去年有个侨居在这里的家伙，碰巧还跟我同姓，他是我见过的人里桥牌打得最好的。我想您在伦敦应该没有遇见过他。他自称叫雷尼·伯顿。我相信他应该是混迹在某些非常不错的俱乐部里。”

“是的，我想自己应该没有听过这个名字。”

“他真是一位非常了不起的牌手，他对打牌似乎有种本能，实在是很不可思议。我从前常常和他一起玩。他有时候也会去神户。”

伯顿啜了一口杜松子汽酒。

“这件事说起来也很有意思。”他说，“他不是个坏人。我喜欢他。他总是穿着得体，一副聪明机智的样子。他一头卷发，脸颊白里透红，从某方面而言长得挺俊俏。女士们都很中意他。您知道，他这个人没有坏心眼，只是作风比较粗犷，经常喝得酩酊大醉。这些家伙总是这样。他每个季度都能收到一笔小汇款，他便拿去打牌赚点钱。他可是赢走了我不少钱，我心里很清楚。”

伯顿乐呵呵地笑了几声，没有恶意。从我个人经验来看，他打牌时就算输钱，也不会输了风度。他伸出纤细的手，摩挲剃得光滑的下巴；手背上青筋暴露，皮肤几乎是透明的。

“我想这大概也是他身上没钱就会来找我的原因，再加上他还跟我同姓。有一天，他来我办公室找我，求我给他一份工作。我真是惊讶极了。他告诉我，家里没有再给他汇钱来，所以他想出来工作。我打听了一下他的年纪。

“‘三十五。’他回答说。

“‘您此前都从事过哪些工作呢？’我问他说。

“‘啊，基本上什么都没做过。’他说。

“我忍不住哈哈大笑。

“‘恐怕我对您爱莫能助。’我说，‘你可以先回去，再过三十五年再来找我，到时候看看我能不能帮上您。’

“他没有动，脸色惨白。他犹豫了片刻，告诉我他打牌走背字已经有一段日子。于是他不想再玩桥牌，转而玩起了扑克，结果被人算计了。现在他身无分文，所有的东西都拿去典当了。他付不起酒店账单，他们也不肯让他再赊账。他已经走投无路。如果他还找不到事情做，就只好去自杀。

“我打量了他一阵子，看得出来，他已经彻底崩溃。他喝酒比平日里喝得还凶，说他五十岁也有人信。如果女士们见到他现在这副模样，肯定不会有原来那么喜欢他。

“‘哦，那么除了打牌，您还有别的特长吗？’我问他。

“‘我会游泳。’他说。

“‘游泳！’

“我简直不敢相信自己的耳朵，这个回答也太胡闹了吧。

“‘我大学里曾经是校队的队员。’

“我有些明白他是在暗示什么，这种大学时代有点成绩就自命不凡的人，我见过太多了，他的话对我根本没有影响。

“‘我自己年轻时，也是游泳的一把好手。’我说。

“突然间，我有了个主意。”

故事讲到这里，伯顿停下来，转身看着我。

“您对神户熟悉吗？”我问。

“不怎么熟。”我说，“我有一次途经那里，但只住了一晚。”

“那您一定不知道盐谷町俱乐部了。我还是小伙子的时候，曾经从那里下水，游到灯塔以后绕过去，最后从樽见湾上岸。总距离超过三英里，并且灯塔周围暗流汹涌，横渡的难度非常大。所以呢，我就跟和我同姓的年轻人说了这件事，我跟他说，如果他也能做到，我就会给他一份工作。

“我看得出来，他听完后吓了一大跳。

“‘您可是称自己是游泳健将呢。’我说。

“‘但是我现在状态非常不好。’他回答道。

“我什么都没有说，只是耸了耸肩膀。他盯着我看了片刻，最后点点头。

“‘好。’他说，‘您希望我什么时候下水？’

“我看了看手表，十点刚过。

“‘您游完这一圈，用时不能超过一小时十五分钟。十二点半的时候，我开车去樽见湾，然后接您一起回俱乐部穿好衣服，再一起吃午饭。’

“‘成交。’他说。

“我们握了手，我祝他好运，他便走了。当天上午我很忙，但还是设法挤时间在十二点半的时候赶到樽见湾。但我其实无须那么着急，他再也没露面。”

“他是在最后一刻退缩了吗？”我问。

“不是的，他没有退缩。他的确下水了。不过，他之前因为酗酒，身体不好，必然无法履行约定。他没能闯过灯塔附近的暗流。我们三天之后才找到他的尸体。”

我愣了一会儿，什么都没说，整个人都惊呆了。随后，我问了伯顿一个问题。

“您说可以给他工作时，是不是已经知道他会淹死？”

他又乐呵呵地轻笑了几声，用那双正直善良的蓝眼睛望着我，手摸了摸下巴。

“这个么，当时我的办公室没有空缺啊。’

简

我还清楚地记得第一次见到简·弗劳尔时的情形。究其原因，正是我只瞥了她一眼，细节却历历在目。我十分信任自己的记忆力，因此，当我回首往昔，要让我相信这是回忆跟我玩的一个不可思议的小诡计，十分困难。当时，我才刚刚从中国回到伦敦，正跟托尔太太一起喝茶。当时家居布置风潮正盛，托尔太太也不免卷入其中，她以女人特有的无情，将她舒舒服服用了好几年的椅子、桌子、橱柜，那些婚后她只要看见就觉得心平气静的装饰品，还有好似跟了她一百年，熟悉得不能再熟的画像，一股脑儿全都舍掉；直接将自己家交付到一位专家手中。她的客厅里再无任何能让她浮想联翩、伤春悲秋的物品。那天，正是她邀我来参观重装后令她颇为自得的时尚新居。凡是能被酸洗掉的东西都被洗掉了，不能被洗掉的，重油了一层漆。家具没有一件是配套的，但摆在一起却很和谐。

“您还记得之前客厅那组家具有多可笑吗？”托尔太太问。

窗帘的质地华丽却色彩冷峻，沙发用意大利织锦罩起来，我坐的椅子铺着纳纱绣的椅垫。房间整体很漂亮，层次丰富却不流俗，独特新颖又不矫揉造作。但我看着，却依然觉得少了点什么，我一边开口恭维，一边在心里琢磨，为什么我更喜欢那些破旧不堪、印花棉布的廉价家具组，更喜欢那些我早已熟知的维多利亚风格的水彩画，以及那些摆在壁炉台上、可笑的德累斯顿细瓷器？看着这些出于装潢师手笔的房间，很显然这是一种十分赚钱的产业，我想着自己怀念的究竟是什么。是“真心”吗？可托尔太太环顾四周，高兴得很。

“您喜欢我这些雪花石膏灯吗？”她问，“这些灯散发的光特别柔和。”

“就我个人而言，更钟爱那些能照清楚的灯。”我微笑着回答。

“很难把一盏连人都看不清的灯同您说的结合起来呢。”托尔太太哈哈大笑。

我不知道她芳华几何。但她这样一位已婚夫人，肯定比我这样的年轻人大上许多，此刻她待我却如同待她的同龄人。她自己年已四十的年龄不是秘密，这句话她时常挂在嘴边，但每每都会再笑着加一句，所有的女人都会瞒报五岁。她从来没有隐瞒过自己的头发是染的这件事（那是一头非常漂亮的褐色头发，微微泛着一点红），她还说她这样做是因为花白的头发有碍观瞻，一旦自己的头发全都白了，她也就不会再染。

“到时他们会说，我长了一张多年轻的脸。”

说这话的时候她是搽了粉的，只不过搽得小心翼翼；而她眼中透露出的那一丝活泼，也是演技使然。她是一位漂亮的女人，穿着精致的长裙，在那几盏雪花石膏灯昏沉沉的灯光下，看起来的确像她自称的四十岁，多一天都没有。

“我只能忍受自己梳妆台镜子上那三十二个蜡烛一样光秃秃的电灯泡。”她颇有些玩世不恭地笑了笑，“我需要镜子告诉我最重要的真相——丑，然后才有动力支撑我采取必要步骤，一步一步修正它。”

我们又愉快地聊起几个共同朋友的小道消息，托尔太太将那几日最新鲜的流言一字不落告诉我。在过了许久四处漂泊、因陋就简的日子后，能坐在舒服的椅子上，看着炉火欢快地在壁炉里燃烧，迷人的茶具摆放在迷人的桌子上，和这样一位风趣、富有魅力的女士聊天，真的是十分惬意。她视我为一位蜕壳重生的回头浪子，有意隆重招待。她对自己筹办的宴会很是得意；毫不费力就可以令身份各异的客人彼此相处尽欢，奉上的食物也很精致；很少有客人会认为这场盛会是专门为了其中一位宾客举办的。此刻，她订好了日期，问我都想见哪些人。

“有一件事情我必须先知会您。那会儿要是简·弗劳尔还没走，我就不得不把这件事儿延后啦。”

“简·弗劳尔是谁？”我问道。

托尔太太扯出一丝难过的笑。

“简·弗劳尔是我背负的十字架。”

“啊！”

“您记不记得装修之前，我摆在钢琴上那张照片？一个穿着紧袖贴身长裙，戴着金色小吊坠，头发往后梳，大脑门，招风耳，扁鼻子上架了一副眼镜的那个？哦，她就是简·弗劳尔。”

“您‘改头换面’之前，房间里摆了许多照片呢。”我茫然地说。

“我现在一想起有那么多照片就心悸。那些东西都已经被我拿一张大牛皮纸打好包，收进阁楼了。”

“那么，这位简·弗劳尔是什么人呢？”我笑着又问了一次。

“她是我的小姑子，我丈夫的妹妹，嫁给了北方一个制造商。守了许多年的寡，非常有钱。”

“那为什么说她是您背负的十字架？”

“她为人可敬，可却穿着邋遢，土里土气的，看上去足足比我老二十岁，但她逢人便说我们两个是在学校就认识的。她对家庭亲人看得很重，鉴于我是她唯一尚在世的亲人，她很依赖我。每次来伦敦，除了这里根本想不到要去住别处——她认为住到别的地方去，会伤害我的感情——通常每隔三四个星期就来探望我一次。我们就坐在客厅，她织织东西，看看书。有时候，她坚持要带我去克拉里奇酒店吃晚餐。在别人眼中，她就是一个滑稽可笑、上了岁数的打杂女佣；而我不希望被谁撞见，那个人偏偏就坐在邻桌。我们开车回家的路上，她说她很喜欢能做点小事回报我。她亲手给我织了一个茶壶的保温套，每次她来，我都不得不拿出来用；还有她织的那些小垫布和中心装饰品，也要一起摆上餐桌。”

托尔太太停下来，喘了一口气。

“我还以为像您这样处事老练的女士，总有办法应付这样的状况。”

“啊，难道您看不出来，我根本没有机会。她人真的是非常非常好，她有一颗金子般的心。我虽然被她烦得要死，但我不能表露出来，让她起疑心。”

“她什么时候到？”

“明天。”

但是这句话托尔太太还没有完全说出口，门铃就响了。走廊里传来一阵微微的骚动，一两分钟后，男管家领着一位上了年纪的女士走了进来。

“弗劳尔太太到。”他宣布道。

“简。”托尔太太叫着立刻跳起来，“我没想到你今天就到了。”

“你的管家刚才也是这么说的。不过我在信上的确写的是今天。”

托尔太太恢复了冷静。

“哦，这没什么。你什么时候来，我都是欢迎的。幸运的是，我今天晚上没有什么事情。”

“千万不要因为我，让你自己为难。晚餐能给我煮一个鸡蛋，我就很知足啦。”

托尔太太的漂亮脸蛋上的淡淡笑容消失了片刻。煮一个鸡蛋！

“哦，我想我们吃的应该比这个好。”

我记起这两位女士是同龄人，心里咯咯笑起来。弗劳尔太太看起来起码五十有五。她是位身材十分壮硕的妇人，头戴一顶宽檐黑草帽，黑色的蕾丝面纱垂到肩膀，一袭斗篷披风古怪地搭配了一条看不出腰身的黑色长裙，臃肿得好像她在裙子里面还穿了好几层衬裙，脚上的靴子也是矮矮胖胖的。很显然她有近视眼，因为她看人时，要隔着一副大大的金边眼镜。

“你要坐下来喝杯茶吗？”劳尔太太问。

“如果不麻烦的话。先容我把斗篷脱掉。”

她先剥掉手上戴的黑手套，再解下披肩。她的脖子上挂了一串沉甸甸的金链子，上面吊着一个大大的盒子吊坠，我敢打赌里面放着她亡夫的照片。随后她摘下帽子，将它和手套、披风一起，整整齐齐放在沙发一角。托尔太太抿起嘴唇。显然这些服装与托尔太太最新装潢的冷峻而华丽的客厅格格不入。我很好奇，弗劳尔太太身着的这些奇特服装究竟是在什么地方买的。这些衣服款式并不老，面料也价格不菲，可想到裁缝居然能缝制出这种已经四分之一世纪没人穿过的衣服，也很令人震惊。弗劳尔太太花白的头发梳得油光水滑，露出她的大脑门和一双招风耳，中间分了一条缝。很显然，这头秀发从来没有遇到过烫发先生牌烫发钳。此刻，她目光落在茶桌上那把银色的乔治亚风格茶壶和旧伍斯特式的茶杯。

“我上次来时送你的茶壶保温套哪儿去了，玛丽昂？”她问道，“难道你不用了吗？”

“不是的，我每天都用，简。”托尔太太说得一点不打绊儿，“不幸的是，前不久出了一点小意外。烧破了。”

“可我上次送你那个就烧破了。”

“哎，我们实在是太粗心了。”

“其实也算不了什么。”弗劳尔太太笑着说，“我很愿意再给你织一个。明天我去利伯蒂，买点丝绸回来。”

托尔太太的脸上一直挂着完美的笑容。

“我配不上，你知道的。难道你们教区牧师的太太不需要一个吗？”

“哦，我刚给她做好一个。”弗劳尔太太欢快地说。

我留意到，她笑起来的时候，露出一口小小的、整齐的白牙。真是漂亮极了。她的笑容也特别的甜。

但我觉得是时候离开，让两位女士单独相处了。于是我起身告辞。

第二天一大早，托尔太太就给我打来电话，我从她的语气里立刻听出来，她此时十分亢奋。

“我有一个天大的好消息要告诉您。”她说，“简就要结婚了。”

“这不可能。”

“她的未婚夫今天晚上要来吃饭，介绍给我认识，我希望您也能来。”

“哦，但我在可能会碍事。”

“不，不会的。是简自己提议我应该邀请您来。请你一定赏光。”

她发出一串银铃般的笑声。

“对方是什么样的人？”

“我不知道。她跟我说是一位建筑师。您能想象简会嫁给一个那样的人吗？”

我反正闲来无事，也相信托尔太太能让我吃一顿好的。

我到时，托尔太太穿了一件非常独特的茶会礼服，对她来说稍显稚嫩了些。客厅里只有她一个人。

“简还在楼上化妆，做最后的调整。我盼着您能马上见到她。她已经乱作一团了。她说她的未婚夫十分爱慕她。这个人名叫吉尔伯特，她提起他时，语气可笑极了，还带着颤音呢。

我听了特别想笑。”

“不知他相貌如何。”

“哦，这个我知道。肯定是又高又胖，秃头，脖子上戴着一条大金链子，大腹便便，一张又大又肥、胡须剃得干干净净的红脸庞，大嗓门。”

弗劳尔太太走进来。她穿着一条非常呆板的黑色丝裙，下摆宽大，裙裾拖地。领口处裁成了小V领，两边的袖子从手肘处垂下来。她戴的项链是镶钻银托，手里拿了一副长长的黑手套，还有一把黑色的鸵鸟羽毛扇。她很努力让自己看起来穿戴得体（正如大部分人那样）。你看着她，除了是一位可敬的、生活富足的北部乡村工厂主的遗孀之外，完全想象不到还有别的可能。

“你的脖子长得真是漂亮，简。”托尔太太挂着友善的微笑，说。

对比她那张饱经风霜的脸，她的脖子确实惊人的年轻，皮肤光滑白皙，一条皱纹都没有。我留意到她的头架在肩膀上的位置，比例相当好。

“玛丽昂告诉您我的事了吗？”她转头看着我，笑得非常迷人，就好像我们早就成了老朋友。

“我必须要向您道喜啦。”我说。

“您见过我的小朋友再道喜也不迟。”

“我觉得你提起这位小朋友的语气，甜腻得过分了呢。”托尔太太笑着说。

弗劳尔太太藏在古怪眼镜后面的眼睛，真的亮晶晶起来。

“别把他想得太老。你也不会喜欢我嫁给一个耄耋之年，一只脚已经迈进坟墓的年迈绅士的对不对？”

这是她给我们的唯一提示。而且我们实在没有时间可供继续深入讨论，因为男管家推开客厅的门，大声宣布道：

“吉尔伯特·纳皮尔先生驾到。”

进来的是一位年轻人，身着剪裁得体的晚宴礼服。他很苗条，个子不是很高，一头美丽的自然卷发，胡子刮得干干净净，蓝眼睛。他的相貌并不是十分出挑，但却很讨喜，看上去亲切。再过十年，他或许会变得枯瘦，脸色蜡黄。但此时此刻，因为洋溢的青春，他新鲜干净得像花一样，他再大应该也不会超过二十四岁。我冒出来的第一个念头是，这一位是简·弗劳尔未婚夫的儿子（我不知道他是鳏夫）来打前站，汇报说他父亲因为突然中风，没法前来赴宴。但是他的目光立刻落在弗劳尔太太身上，小脸一下子亮起来，他伸出双手，朝她走去。弗劳尔太太将自己的手交给他，唇角溢出庄严的微笑，转身看着自己的嫂子。

“这位就是我的小朋友，玛丽昂。”她说道。

他伸出手。

“希望您能喜欢我，托尔太太。”他说，“简告诉我您是她世上唯一的亲人了。”

托尔太太的表情看起来妙极了。我随后不由得钦佩起女性后天经受的良好教养和社交技巧，能够出色地打败她的本能。初见时那掩饰不住的震惊和沮丧，她只消片刻就全部驱走了，脸上露出一副和蔼可亲、热情欢迎的表情。但是很明显，她不知道该说些什么。就算吉尔伯特觉得十分尴尬也不奇怪，我正忙着不让自己笑出声来，所以也想不出该说什么。只有弗劳尔太太兀自十分镇定。

“我知道你一定会喜欢他的，玛丽昂。没有人比他更热爱美食了。”她转头看向这位小朋友，“玛丽昂家的晚餐可是久负盛名。”

“久仰大名。”他坚定地说。

托尔太太快速回应了几句，我们便下了楼。我久久都忘不掉那一餐极富戏剧性的场面。托尔太太拿不定主意，这一对其实是在跟她开玩笑，还是说简故意瞒报了自己未婚夫的年纪，就为了看她出糗。但之后，简从未嘲笑过她，再说她也干不出特别恶毒的事。托尔太太震惊、恼火，而又不知所措。她重新恢复了克制，再怎么样她也不会忘记自己是一位完美的女主人，职责就是让自己的聚会顺利进行。她谈天很愉快；但我却很好奇不知道这位吉尔伯特·纳皮尔有没有看到，当她转头望他，藏在友善面具之后的眼神有多么凌厉、怨怪。她在评判他，想要找出他藏在灵魂深处的秘密。我能看到她很迫切要找出来，因为她那因愤怒而泛起的红晕已经连她脸上的胭脂都盖不住了。

“你今天气色真不错，玛丽昂。”简透过自己硕大的圆眼镜友善地说。

“我今天打扮有点匆忙，我敢说是胭脂一定搽太多了。”

“哦，是胭脂吗？我还以为是你原本的气色，不然我是不会说的。”她朝吉尔伯特害羞一笑，“你知道，我和玛丽昂是一起读的书。你看到我们现在这样肯定想不到，对不对？不过，当然啦，我的生活十分安宁。”

我不知道她这番评论是何用意；但如果只当作随口一说的话，也几乎是不可能的。但不管怎么说，这番话的确把托尔太太气得不轻，早将面子丢到九霄云外。她笑得很灿烂。

“我们两个看起来都不像是五十岁的人，简。”她说。

如果她这句话是想要令这位寡妇难过，目的基本没有达成。

“吉尔伯特说，在他看来，我只有不到四十九岁。”她温柔地回答。

托尔太太双手微微颤抖，但她想到了反击之词。

“不过你们两个之间的确是有一道年龄的鸿沟。”她笑着说。

“二十七岁。”简说，“你觉得差得很多吗？吉尔伯特说我看起来比实际年纪要年轻许多。我跟你讲过，我不会嫁给一个一只脚已经踏进坟墓的人。”

我真的忍不住笑出声来，吉尔伯特也笑了。他的笑声那样坦荡，那样有朝气。看起来，他好像觉得简说的每一句都那么有趣。但托尔太太就快要克制不住了，我怕如果不给她一个台阶，她这一次可能会忘掉自己女主人的身份。我尽自己所能来救场。

“我想你应该正忙着采办您的嫁妆吧。”我问道。

“没有。我本来是打算找利物浦的裁缝从头到脚置办一套全新的。我嫁人之后，所有东西都是找他做。但吉尔伯特不肯。他要一手包办，当然他的品位实在没得说。”

她看着他，嘴角含着一丝深情的笑，端庄娴雅，好像她是刚十七岁的少女。

托尔太太顶着妆容的脸，变得惨白。

“我们蜜月准备去意大利。吉尔伯特之前没有合适的机会去研究文艺复兴时期的建筑；当然啦，对一名建筑师来说，他能亲眼去看一看是非常重要的。我们途中还会经停巴黎，在那里采办我的衣服。”

“您这一趟准备去很久吗？”

“吉尔伯特已经和他的建筑所商量好了，请半年假。这对他来说是很优厚的待遇，不是吗？您知道，他之前连十四天的假期都没有过。”

“为什么呢？”托尔太太问，那语气根本没打算要掩藏其中的讽刺。

“他还没有请这么长假期的资格，可怜的小东西。”

“啊哈！”托尔太太说，刻意大嗓门地感叹出来。

咖啡送了上来，两位女士去了楼上。我和吉尔伯特开始有一搭没一搭地闲聊，就是两个人之间其实没什么话题可聊的那种样子。但是两分钟之后，男管家给我送来一张纸条。是托尔太太写给我的，纸条上原话如下：

> 请您一定速速上楼，然后尽快离开。带上他一起。我必须立刻把自己关于这件事的态度同简摊牌否则不能痛快。

我随便编了个谎话。

“托尔太太有些头痛，想要去休息了。我想如果您不介意，我们最好去告辞。”

“这是自然。”吉尔伯特回答道。

我们上了楼，五分钟之后，已经站在了大门前的台阶上。

我叫了一辆出租，提出顺道送这位年轻人一程。

“不了，谢谢。”他回答，“我走到那边的街角，搭公车就可以。”

托尔太太听见我们出去之后大门关上，立刻跳起来大叫。

“你疯了吗，简？”她喊道。

“我相信，应该不比那些要送进精神病院的人疯。”简温和地说。

“我能请教一下你准备嫁给这个年轻人的原因吗？”托尔太太尽量维持着自己的优雅。

“一部分原因是他不肯接受我的拒绝。他已经向我求了五次婚，我拒绝他已经拒绝得烦了。”

“你觉得是什么原因令他这样着急想要娶你？”

“他觉得我很有趣。”

托尔太太不由气恼地惊呼起来。

“他就是个寡廉鲜耻的臭无赖。我差一点就当面跟他这样讲了。”

“你说的不对，而且这样说非常不礼貌。”

“他一分钱都没有，而你是阔太太。你不可能糊涂到看不出他娶你是为了你的钱。”

简依然保持着全然的冷静。她超然地看着自己暴怒的嫂子。

“我不这样认为，你知道。”她回答，“我认为他对我是情有独钟。”

“你已经是个老太婆了，简。”

“我跟你一样的年纪，玛丽昂。”她笑着。

“我从来没有放任过自己。我比实际年龄看起来要年轻很多，大家都觉得我不到四十岁。但即便这样，我也不会做梦嫁一个比自己小二十多岁的人。”

“是二十七岁。”简更正道。

“那你是想告诉我你真的相信，一个小伙子会中意一个老得能当他妈妈的女人吗？”

“我在乡下住了许多年。我敢说关于人之本性我还有许多不了解的地方。他们跟我说有一个叫作弗洛伊德的人，是个奥地利人，我相信……”

但是托尔太太粗鲁地打断她。

“别荒唐了，简。这太不体面，太没有风度。我一直都认为你是一个理智的女性。真的，你是我最不认为有可能跟一个小年轻陷入爱河的人。”

“我并没有爱上他，我已经跟他说过了。当然，我很喜欢他，不然我也不会考虑嫁给他。我认为将我自己对他的真实感觉坦诚地告诉他，对他来说才是最公平的。”

托尔太太倒吸一口气，血液涌上她的脑袋，她憋得喘不过气来。她手中没有扇子，所以抓了一张晚报过来猛扇一气。

“如果你都不爱他，为什么想要嫁给他？”

“我已经寡居了很久，过了一段相当平静的生活。我觉得有点变化也很好。”

“如果你这么想嫁人，为什么不找个和自己年纪相当的人嫁了呢？”

“和我年纪相当的人，没有向我求过五次婚。事实上，和我年纪相当的人里根本没人会和我结婚。”

简一边回答，一边咯咯笑。这将托尔太太推上了暴怒的最高峰。

“别笑了，简，我不能接受。我不觉得你现在是神志清醒的。这太可怕了。”

林林总总的压力令她终于不堪重负，眼泪掉了下来。她知道，在她自己这个年纪，哭简直是一场灾难，她的眼睛会肿一天，看起来像个笑话。但她实在忍不住，哭了起来。简依然十分冷静。她隔着那副巨大的眼镜看着玛丽昂，若有所思地摩挲着黑色丝绸长裙覆盖住的膝盖。

“你会过得非常不幸。”托尔太太啜泣着，她小心眨动眼睛，希望黑色的睫毛膏不会被泪水弄花。

“我不这么认为，你知道的。”简依然用自己那坚定、温和的语气回答，就好像这番话后面还含着笑意，“我们已经开诚布公地谈过了。我一直认为自己是一个很容易相处的人。我想自己会让吉尔伯特过得非常幸福、舒适，他从未得到过别人的精心照料。我们是经过慎重考虑，才决定结婚的。我们已经达成了一致，如果我们两个人中任何一个希望重获自由，那么另外一个便不能成为对方重拾自由道路上的绊脚石。”

托尔太太此时已经冷静下来，能够做出一点锋利的评论了。“他说服你给他多少日常花用？”

“我想一年给他一千磅，但他不肯。我一提这件事，他就非常生气。他说他自己赚的钱足够日常生活开销。”

“他比我想得还要狡猾。”托尔太太尖刻地说。

简停顿了一会儿，看着自己的嫂子，眼神和善却又坚决。

“你看，亲爱的，我和你不同。”她说，“你守寡的时间并不长，不是吗？”

托尔太太看着她。她的脸微微泛红，甚至觉得有些微微地不安。但是当然了，简太过单纯，是不可能故意在这里含沙射影。托尔太太高傲地打起精神来。

“我真是太生气，现在必须要睡了。”她说，“我们明天早上再继续这场谈话。”

“我怕可能来不及了呢，亲爱的。我和吉尔伯特明天一早要去登记结婚。”

托尔太太沮丧地摆摆手，却不知道还能再说什么。

结婚仪式是在注册员的办公室里举行的。我和托尔太太是证婚人。吉尔伯特穿着一身时髦的蓝色西装，看起来更加年轻，他显然很紧张。这个时刻对任何一个男人来说，都是一种考验。但简依然维持着自己那令人赞赏的镇定自若。她作为一个结婚经验丰富的时髦妇人，或许已经习惯了这种场合，只有脸上微微有一丝红晕，提示在她的镇定之下或许还有一点微弱的激动。这个时刻对任何一个妇人来说，都是激动人心的。她穿了一身十分宽大的银灰色天鹅绒礼服裙，剪裁合身，我一眼就认出这是那位利物浦裁缝的手笔（她真是一位性格完美的寡妇），这么多年都是她替简裁制新衣；但她为了迁就这种场合的浮夸，戴了一顶夸张的宽檐帽，上面缀满了蓝色的鸵鸟毛。她原来那副金边眼镜将帽子衬托得更加怪异。等到仪式结束，注册员（多少有点被吓到，我想是因为他负责接待的这一对的年龄差距吧）同她握了手，致以自己最严肃正经的恭贺；而新郎微红着脸亲吻了她。托尔太太出于无法拒绝的职责，也亲吻了她；随后新娘看着我，目含期冀。很显眼，此时此刻我也应当亲吻她。于是我履行了职责。我承认我们走出注册员办公室，经过外面长沙发等着排队的那些人，见他们嘲笑地望着这一对时，我觉得有些害臊，直到上了托尔太太的车，方才松了一口气。我们开去维多利亚火车站，因为这对幸福的新人要搭两点的火车去巴黎，简执意要在车站的饭店摆婚宴，她说自己总会担心不能按时站到月台上。托尔太太肯出席，本身就是出于强烈的家庭责任感，所以对于婚宴的顺利进行不肯出一点力；她什么都没吃（鉴于这里的食物很难吃，这一点我不能责怪她，而且我也讨厌大中午的就喝香槟），聊天时也用勉强能让人听到的声音。不过简倒是按照菜单顺序，一道菜不落地从头吃到尾。

“我一直都认为，在踏上一段旅途之前，应该好好吃一顿。”她说。

我们目送他们离开，我开车载着托尔太太回到她的住所。

“您赌他们多久会离？”她问，“半年？”

“我们还是希望能有最好的结果吧。”我笑着回答。

“别傻了，这件事就没有‘最好’。您不会认为，除了钱，他跟她结婚还有别的目的吧，不是吗？理所当然长久不了。我只希望她受的痛苦不要有她应得的那么多。”

我哈哈大笑。这句慈悲的话讲出来那种语气，令我不禁有一丝小小的疑虑，怀疑起托尔太太的用意。

“哦，如果这桩姻缘不能长久，您就会安慰她说：‘我早就告诉过你。’”我说。

“我向您保证，我绝不会这样做。”

“那您就会心满意足地恭贺自己，因为自己克制住了没有说出‘我早就告诉过你’这句话。”

“她老了，又是寡妇，人还不机灵。”

“您确定她不机灵？”我说，“的确，她是不怎么常说话，但凡是说出来的都非常有见地。”

“我这一生从未听她说过一句笑话。”

吉尔伯特和简蜜月回来时，我已经再次奔赴远东。这一次，我在外整整漂泊了两年。托尔太太是个很坏的通信者，尽管我偶尔才给她寄一张名片，她却从未回过我。不过，我回到伦敦之后，不到一星期就见到了她；我去赴一个晚宴，发现自己就挨着她就座。这是一次盛大的聚会，我觉得这二十四位宾客，就像是塞进派里的那群乌鸦；而我因为迟到了些许，已经被这一大群人弄得晕头转向，根本没有留意到我被安排坐在谁旁边。不过等所有宾客全都落座，我环顾长桌，发现在座的许多人都是公众知名人物，照片经常出现在有插图的报纸上。我们的女主人对这些真正的成功人士非常没有抵抗力，所以这可谓一次非比寻常、熠熠生辉的聚会。我和托尔太太沿袭两位多年未见老友的惯例，互相客气地寒暄了一下，交换了对彼此的看法，随后我问起了简。

“她非常好。”托尔太太极为冷淡地回答。

“那场姻缘最终结果如何？”

托尔太太停了一下，从桌上拿起摆在自己前面的一瓶盐。

“很显然是非常成功的。”

“这么说，您错了？”

“我当时说这场婚姻不会长久，我到现在也依然这么说。这场婚姻是违背人性的。”

“她幸福吗？”

“两人都很幸福。”

“我猜您并不经常见到他们。”

“起初，我的确是经常见到他们。不过现在嘛……”托尔太太微微抿着嘴，“简的变化非常大。”

“您这是何意？”我大笑起来。

“我认为我应该告诉您，今晚她也来了。”

“她也来了？”

我十分震惊。我再次环顾了一下整张长桌。我们的女主人是一位讨喜、风趣的女士，但我无法想象她会邀请这位嫁给穷建筑师的年老色衰的寡妇，来参加自己的宴会。托尔太太看出我的疑惑，而且聪明地猜到我心里在想什么。她浅浅地笑了一下。

“你往主人的左边看。”

我看了过去。说来也怪，坐在那儿的那位女士外表十分出众，我一走进这拥挤的客厅就注意到了她。我觉得从她眼中见到一抹熟识的光彩，但我自信此前从未见过她。她年纪并不很轻，因为她的头发已经是铁灰色，而且修剪得非常短，烫成小卷蓬蓬地完美贴合着她的脸型。她并没有试图把自己往年轻里打扮，面庞上看不到口红、胭脂，也看不到搽过粉。她的容貌并不是特别出众，红润，能看出岁月的痕迹，但因为这张脸没有经过任何人工修饰，那种天然令人看了非常舒服。与之形成强烈对比的，是她白得出奇的肩膀。这副肩膀实在太漂亮，若是一位三十上下的女士，一定会引以为豪。她的裙子则更加特别。我很少见到如此大胆特别的裙子，裙子的领口开得非常低，裙摆也很短，黑黄搭配非常时髦。这种款式的裙子效果更像是去参加化装舞会，但是却非常适合她，若是换作别人穿必定显得夸张，但穿在她身上却让人有一种浑然天成的朴素之感。而她头上系了一条黑色的宽发带，戴了一只单片的镜片，整个造型更加趋于完美，让人既不觉得夸张造作，也不觉得奢华轻浮。

“您不会告诉我说那位就是您的小姑子吧？”我倒吸一口气。

“她正是简·纳皮尔。”托尔太太冷冰冰地说。

她讲话的当儿，男主人转头朝她微笑，期待地看着她。一位坐在她左手边，白发几乎掉光，面相聪敏的男士，热情地凑过去；坐在她对面的一对夫妇也停止交谈，专注地聆听着。她说完自己的话，所有人一起，突然间一下子，都倒在椅子里笑得前仰后合。我们对面的一位先生开口和托尔太太攀谈，我认出来这是一位很有名的政客。

“您的小姑子又讲了一个笑话，托尔太太。”他说。

托尔太太但笑不语。

“她真是难得的妙人，不是吗？”

“请允许我先畅饮一杯香槟，随后看在老天分上，把整个经过跟我好好讲讲吧。”我说道。

哦，我就是这样得知了事情的来龙去脉。在蜜月之初，吉尔伯特就带着简去找遍了巴黎的各个裁缝，看在她凭借自己心意挑选出的那些“长裙”款式，他并没有提出反对，但同时他也劝她试做一两条由自己亲手设计的连衣裙。很显然，他深谙此道。他雇了一位机灵的法国女佣。简从未用过女佣，缝缝补补的活计一般都是她亲自来，只有当她想“打扮一下”，才习惯性地按铃去叫女佣。吉尔伯特设计的裙子和她从前穿过的完全不一样；但他非常小心地避免过快、过分地逼迫她，因为他很喜欢看她自己劝自己的模样，虽然依然顾虑重重，却常常穿着这些衣服出去，放弃了她自己选的那些。当然啦，她既然穿着这些款式的衣服，之前她惯常穿的那些一层又一层的衬裙再穿就不合适；她虽然有过焦虑，但还是舍弃了。

“现在可好，”托尔太太用不赞同、甚至接近于不屑的口吻说，“她除了薄薄的紧身衣，根本不穿别的。我真是纳闷，她这个岁数，就不怕冻感冒死掉吗？”

吉尔伯特和法国女佣教她怎么穿这样的衣服，出乎意料地，她居然很快就学会了。法国女佣最得意女主人的手臂与肩膀，这样美丽的部位不露出来，简直要遭天谴。

“再忍耐一下，阿芳西娜。”吉尔伯特说，“等到我替夫人设计下一批衣服，一定会充分展现她的美丽。”

那副眼镜理所当然也显得特别可怕，没人能戴着金边眼镜还显得好看。吉尔伯特试了一下玳瑁框的眼镜，摇了摇头。

“小姑娘戴的话还不错。”他说，“但是，简，你的年纪已经不适合戴眼镜了。”突然，他灵光一现，“我的天哪，有主意了。只有目镜才配得上你。”

“哦，吉尔伯特，我做不到。”

她看着他激动的模样，那是艺术家的激动，不禁笑了。他待她这样甜蜜，她也希望能做点什么令他开心。

"我试一下好了。"她说。

他们去了眼镜店，挑了尺寸合适的目镜，她洋洋得意地戴上目镜，吉尔伯特直拍手，他趁着店员没吓到之前，亲亲她的左脸，又亲亲她的右脸。

"你看起来美极了。"他叫道。

于是他们继续前往意大利，高高兴兴地研究了几个月的文艺复兴风格建筑和巴洛克风格建筑。简不仅越来越习惯这种改变过后的外表，而且发现自己真心喜爱上了。起初她走进酒店宴会厅时还会有一点害羞，人们都转过头来看她，此前从未有人抬眼皮看过她一眼。渐渐地，她发觉这种情况也并不讨厌。女士们都围拢上来，问她衣服是在哪里做的。

"您喜欢？"她认真地回答，"这是我丈夫为我设计的。"

"如果您不介意，我想照样子做一件。"

简的确是过了许久离群索居的生活，但她也还没到丢掉自己女性普遍本能的地步上。她立刻想好了应对。

"很抱歉，但我丈夫的设计非常独特，他不会想要听见有人照搬我的连衣裙样式。他希望我能是独一无二的。"

她有预感，人们听到她这样说，一定会嘲笑她，但是他们并没有。他们仅仅是回答说：

"哦，当然，我非常理解。您是独一无二的。"

但她也看出来，她们在心里默默记下她衣着的款式，出于某种原因，这令她非常不高兴。就她回忆，这是她有生以来第一次穿别人没穿过的衣服，她不明白为什么别人按照她的衣服款式穿。

“吉尔伯特，”她说道，这语气对她而言已经非常尖锐了，“下次你再替我设计衣服，我希望你能设计出别人照搬不了的款式。”

“那唯一的办法就是设计一些只有你能撑得起来的东西了。”

“你能做到吗？”

“当然，如果你能为我做到这件事的话。”

“什么？”

“把头发剪掉。”

我想这是简第一次拿捏不定。她的头发又长又厚，她还是姑娘时就非常引以为豪，要下决心剪掉是非常煎熬的一个过程，这无异于让她破釜沉舟。在她看来，付出最大的不是那第一步，而是这最后一步；但她还是迈出了这一步。（“我知道玛丽昂一定会认为我傻透了，我可能永远都没办法回到利物浦去。”她这样说。）他们回家途经巴黎，吉尔伯特领着她去了世界上最好的家美发店（她觉得很难过，心跳都加快了）。她从店里走出来时，头顶着一头活泼的灰卷发，洋洋得意、美丽而又清爽。皮格马利翁完成了自己最杰出的作品：伽拉忒亚活了过来。

“是的，”我说，“但这也并不足以解释为什么简今晚在这里，混迹于一群伯爵夫人、内阁部长和这些显贵中间，也不能解释为什么她一边坐着主人，一边坐着海军上将。”

“简是幽默大师。”托尔太太说，“难道您没看到，她说什么他们都会哈哈大笑吗？”

毫无疑问，此刻托尔太太的心中充满苦涩。

“当简写信告诉我他们已经度完蜜月，我就想着应该邀请他们两个来家里吃饭。我不是很喜欢这个主意，但我觉得必须要这样做。我知道届时的晚宴一定会死气沉沉，我也不会想要那些真正重要的客人做出牺牲。但另一方面，我也不希望简认为我没有一个至交好友。您知道我从来不会邀请超过八位客人，不过在当时那种情况，我觉得如果邀来十二位客人那可就太好啦。我一直忙着这件事，直到晚宴当天晚上才见到简。她让我们所有人都等了一阵儿——这就是吉尔伯特的聪明之处——终于，她来了。您拿一根羽毛就能敲昏我。她令其他的女士都显得相形失色，又邋遢又土气。她让我觉得自己像是一个浓妆艳抹的老妓女。”

托尔太太啜了一口香槟。

“我真希望自己能将当时那条连衣裙向您描绘清楚。穿到别人身上就非常不合时宜，但是穿在她身上就刚刚好。还有那只目镜！我跟她认识了三十五年，从没见过她不戴眼镜的模样。”

“但是您知道她身材非常好。”

“我怎么会知道？我从没见她穿过别的衣服，她都是穿着您第一次见她时穿的那样。当时您会认为她身材很好吗？她似乎没有意识到自己造成的影响，只是觉得这样理所应当。我想着自己的晚宴，觉得可以松一口气了，就算她有点难以相处，但是凭借这样的外表也不会造成很大困扰。她就坐在餐桌的尽头，我听见时常响起笑声。我很开心地认为，其他人都很配合她；但是晚宴过后，我收到许多反馈，至少有三个人走过来跟我说我的小姑子为人真是风趣，问我她们下次能不能邀请她？

我也不知道自己是应该用头思考，还是用脚思考。一天之后，我们今晚的女主人给我打电话，说她听说我小姑子在伦敦，为人非常风趣，问我能不能带她去参加午宴，双方见个面？她的预感非常正确，那个女人——不到一个月，所有人都在谈论简。我今天晚上在这里，不是因为我和这位女主人有二十年的情谊，并且无数次邀请她参加晚宴，而是因为我是简的嫂子。”

可怜的托尔太太。她的处境真是尴尬，但我还是禁不住觉得有趣，因为形势整个对掉过来，我觉得她还是值得我同情一番。

“人们永远无法拒绝那些能逗笑自己的人。”我说，试图安慰她。

“她从来没有逗笑过我。”

再一次，从前方的餐桌旁传来哄笑的声音，我猜是简又讲了一件好笑的事。

“您的意思是说，您是唯一不觉得她风趣的人？”我笑着问。

“您觉得她是个有幽默感的人吗？”

“那我只好说没有喽。”

“过去这三十五年里，她总是在说同样的事情，我笑是因为见到其他人都笑，不希望别人觉得我像个傻子，但我真的一点都不觉得好笑。”

“就好像维多利亚女王陛下一样。”我说。

这是一句愚蠢的玩笑，托尔太太特别尖锐地同意我的话。我只好换个话题。

"吉尔伯特也来了吗？"我一边问，一边顺着餐桌看过去。

"吉尔伯特能收到邀请，是因为她没他陪伴就不来，不过今晚他去参加了建筑师协会还是什么的地方举办的晚宴。"

"我真的很想和她重新认识一番。"

"晚宴结束后去跟她聊聊。她会邀请您参加她的周二家宴。"

"周二家宴？"

"她每周二晚上都在家，您可以在那里见到所有传闻当中的人物。这些聚会可谓是全伦敦最顶级的聚会，她只用了一年就做到了我二十年都做不到的事。"

"但是您告诉我的事情实在太不可思议了。她是怎么做到的呢？"

托尔太太耸了耸她那漂亮却太过丰腴的肩膀。

"如果您知道，我倒是很乐意洗耳恭听呢。"她答道。

晚餐过后，我试着想挤到简坐着的沙发旁边，但是没成功。后来，还是我的女主人走过来对我说：

"我必须将您介绍给我的派对之星。您认识简·纳皮尔吗？她风趣极了，比您见过的喜剧演员还要有趣得多。"

我被人领到沙发前。刚刚餐桌上坐在她旁边的那位海军上将此时依然和她在一处。他一点离开的意思都没有，而简同我握过手之后，将我引荐给他。

"您认识雷金纳德·弗罗比舍爵士吗？"

我们开始攀谈起来。她还是我从前认识的那个简，简单至极，朴素而真诚，但是她惊艳的外表给她说的话加了特殊的光环。突然间，我发现自己笑得浑身乱颤。她刚刚说了一句话，合情合理而又直抵要害，但一点诙谐之意都没有，是她说话的方式以及她透过目镜看着我的模样，令人觉得忍俊不禁。我觉得心神愉快又轻松。当我告辞时，她对我说：

“如果您没有别的邀约，请在周二晚上来我家里看看。吉尔伯特见到您一定很高兴。”

“他只要在伦敦待上一个月，就知道再没有其他更好的去处了。”那位海军上将说。

于是，我在周二晚上去了简的府上，但是去得相当迟。我承认，自己看到在场的宾客时微微吓了一跳。这里集合了一群非常优秀的人，包括作家、画家以及政客、演员，身份显赫的名媛贵妇。托尔太太说得对，这是相当顶级的聚会；自从斯塔福德庄园卖掉之后，我还没有在伦敦见过如此规模的聚会。这里并未提供特别的消遣活动，点心品类丰富但并不奢华。简举手投足似乎十分满意自己的宴会；我看不出她是施展浑身解数周旋在宾客中间，反而似乎是他们很愿意待在她周围，而这气氛欢快、令人愉悦的聚会直到凌晨两点方才散去。这之后，我常常能见到她。不仅仅是因为我勤去她家拜访，就是去赴午宴或晚宴，也极少有见不到她的时候。我对于幽默是门外汉，于是便想从她的天赋中挖掘一下看看有什么诀窍。要想重复她说的任何事都不可能，因为那种风趣就像是特定的酒，绝不能离开产地。她不善嘲讽，也从没有过任何机智的巧辩。她的评论中不带任何怨恨，反驳里也没有绵里藏针。有人认为逗趣的灵魂是说一些令人浮想联翩的话，而不是简明扼要，但她从未说过任何一句能够令维多利亚时期的人士脸红的话。我认为她的幽默是无意之中的，我很确定它没有经过刻意设定。那种感觉就好像一只蝴蝶从一朵花飞到另一朵花身上，它只服从于自己的随心所欲，没有手段也没有目的。它取决于她讲话的方式和看人的方式，这其中的微妙之处就在于吉尔伯特为她缔造出的这张扬而又肆意的外表。但她的外表只是其中的一个元素。现在的她当然是时尚的，只要她开口人们就会大笑。他们不再奇怪吉尔伯特为什么要娶一个比自己年长这么多的妻子。他们明白了，对简这样的女性来说，年龄根本算不上什么。他们觉得他是一个运气好得邪门的年轻小伙子。海军上将就曾引用莎士比亚的名言对我说："岁月不能令她枯萎，习作也不能让她的千姿百态枯萎。"吉尔伯特很为她的成功高兴。我对他的了解越深入，便越喜爱他。很明显，他既不是一个臭无赖，也不是拜金者。他不仅非常为简自豪，而且是发自内心地忠诚于她。他对她的好伸手可触。他是一个非常无私、脾气非常好的年轻人。

"哦，您如果看待现在的简？"有一次，他带着孩子气的得意对我说。

"我不知道该赞叹你们中的哪一个。"我说，"是您还是她。"

"哦，我算不得什么。"

"胡说。您不会认为我傻到看不出来，是您把简变成现如今的模样吧？而且非您莫属。"

"我唯一的功绩就是看到了本质，把它彰显出来展现在世人眼前。"他回答。

"我能明白，您是见到了她身上蕴含的外表迷人的这种可能，但是您到底是如何将她变成一位幽默大师的呢？”

“因为我一直就认为她说的话非常有趣啊。一直以来，她就是这样的风趣。”

“您是唯一一个作如是想的人。”

托尔太太现在也大方许多，承认她误会了吉尔伯特。她跟他的来往逐渐频繁。但是尽管如此，她表面上还是一如既往坚定自己的想法，认为这场婚姻不能持久。我只得拿此来打趣她。

“为什么，我还从未见过如此坚定的一对呢。”我说。

“吉尔伯特现在才二十七，漂亮女孩出现只不过是时间问题。那天晚上在简家里，您没有留意到雷金纳德爵士那位漂亮的小侄女吗？我认为简着实好好打量了两人一番，我自己就觉得很奇怪。”

“朗朗乾坤，我不相信简会害怕任何情敌的竞争。”

“我们等着看好了。”托尔太太说。

“您之前可说半年都到不了。”

“哦，那我现在改成三年好了。”

当一个人对自己的观点太过执着，出于人性使然，便有人希望能证明他是错的。托尔太太就真的太过自信。但这样的成就不属于我，因为到最后她一直以来唱衰这对不匹配婚姻的预言，事实上的确成真。不过，命运三女神依然不会按照我们希望的那样，将我们想要的东西交托给我们，托尔太太虽然可以吹嘘自己一直以来都是对的，我却觉得到最后她会宁愿是自己错了。因为事情最终没有按照她期望的那样进行。

一天，我收到一封她送来的急信，刚巧可以立即去拜访她。我甫一走进客厅，托尔太太便立刻从椅子里站起身，朝我走过来，像是一只鬼鬼祟祟的、敏捷的猎豹在接近自己的猎物。看得出来，她很激动。

“简和吉尔伯特离婚了。”她说。

“不是吧？哦，最终还是被您说中了。”

托尔太太看着我，她的表情我不太能理解。

“可怜的简。”我嗫嚅道。

“可怜的简！”她重复着，但话中那种嘲讽意味令我目瞪口呆。

她费了好大的劲儿，才把发生了什么一五一十地告诉我。

那天，吉尔伯特刚一离开，她便跳起来跑到电话旁边召唤我。吉尔伯特走进客厅时，脸色惨白，神情悲痛，她立刻看出来有什么可怕的事情发生。他还没开口，她就知道了他要说什么。

“玛丽昂，简离开我了。”

她朝他笑了笑，拉住他的手。

“我知道你已经表现得非常绅士了。对她而言，人们认为是你离开了她，的确是一件很可怕的事。”

“我来找您是因为我知道自己一定会得到您的同情。”

“哦，这也不能怪你，吉尔伯特。”托尔太太说，非常和善，“结局早已注定。”

他叹了口气。“我也这样想。我不敢指望能够一直拥有她。她太好了，而我是一个那样平凡普通的家伙。”

托尔太太拍拍他的手背。他真的表现得非常有风度。“现在怎么打算？”

“哦，她要和我离婚。”

“简总是说如果你想娶别的女孩，她绝不会阻拦你。”

“您不会以为我做过简的丈夫之后，还会愿意娶别的什么人吧。”他回答道。

托尔太太有些迷惑：“你的意思当然是指您主动离开简吧？”

“我？哦，不，这是我最不愿意做的一件事。”

“那她为什么要同您离婚？”

“等到离婚手续办完，她就要立刻嫁给雷金纳德·弗罗比舍爵士。”

托尔太太真的尖叫起来。随后她头晕得厉害，不得不拿出自己的嗅盐。

“在您为她做了那么多之后？”

“我什么也没有为她做。”

“您是说您允许自己被她那样利用？”

“我们结婚之前就说好，如果我们两个人里有人希望获得自由，那么另一个人就不能成为对方获取自由道路上的绊脚石。”

“但这样的安排是替您打算的呀。因为你比她整整小了二十七岁。”

“哦，这一条结果帮了她。”他痛苦地说。

托尔太太边劝边争辩，边讲道理；但吉尔伯特就是坚持他不会用条条框框束缚简，她想要什么他都会照做。他离开后，托尔太太只剩下沮丧。将这一切原原本本告诉给我，令她宽慰了许多。她很高兴见到我同她一样惊讶，而若是我没有像她一样愤愤不平简的所作所为，那也是归罪于我的性别天生可耻地缺乏道德感。她还在激情亢奋地痛斥陈辞时，客厅的门打开，男管家领着简本人走了进来。她穿着黑白两色，毫无疑问暗合了眼下她这种轻微暧昧的处境，但她穿得依然新颖时髦，戴着一顶特别夸张的帽子，我见到她也不由得惊呼一声。但她还是一如既往的温和、克制。她走上前来要亲吻托尔太太，但托尔太太冷淡而高贵地抽身避开。

“吉尔伯特刚刚来过。”她说。

“是的，我知道。”简笑着说，“是我让他来找你的。我今晚就要动身去巴黎，我希望我不在的这段时间，你能对他好一点。我担心刚离婚那几天，他会觉得非常孤独，如果我能托你照看他一二，心里会舒服许多。”

托尔太太拍拍巴掌。

“吉尔伯特刚刚跟我说了一件我几乎不敢相信的事，他跟我说你要跟他离婚，嫁给雷金纳德·弗罗比舍。”

“你还记得吗，我嫁给吉尔伯特之前，你建议我嫁给一个和自己年纪相当的男人？那位海军上将刚好五十三岁。”

“可是，简，你欠吉尔伯特的太多了。”托尔太太愤愤地说，“没有他就没有现在的你。要不是他给你设计衣服，你什么都不是。”

“哦，他答应还会继续为我设计衣服。”简温温柔柔地说。

“没有女人能找到比他更好的丈夫了。他对你一直都是一心一意。”

“哦，我知道他一直以来都很贴心。”

“你怎么可以这样狠心？”

“可我从来没有爱过吉尔伯特啊。”简说，“我一直都是这样对他说的。我现在觉得有必要找一个和我年纪相当的伴侣了。我想我跟吉尔伯特结婚的时间已经够长了，跟年轻人没有话题可聊。”她停顿了一下，朝我们两个露出迷人的微笑，“当然，我也不会亏待吉尔伯特。我跟雷金纳德已经商量好了，上将的侄女跟他非常合适。一旦我们结婚，便会邀请他们两个同我们一起住在马耳他——你知道上将要升为地中海总指挥吧——如果他们两个陷入爱河，我也丝毫不会觉得惊讶。”

托尔太太轻轻抽了抽鼻子。

“你有没有和那位海军上将说好，如果你们两个有人想重获自由，另外一个不能成为他道路上的绊脚石呢？”

“我提议过。”简沉着应答，“但是上将说只要他看一眼，就能看出什么是好的，他不会想娶别人；而如果有人想娶我——他的旗舰上有八门十二英寸口径的大炮，可以近距离讨论这个问题。”她说完，透过目镜看了我们一眼。就算我担心托尔太太可能会生气，也没办法阻止我哈哈笑出声来。“我想这位上将一定是非常富有激情的男人。”

托尔太太恨恨地朝我皱了下眉。

“我从来不觉得你有趣，简。”她说，“我也从来没搞懂为什么人们会被你讲的话逗笑。”

“我也从来不觉得自己有趣，玛丽昂。”简笑着说，露出她洁白、整齐的牙齿，“我很高兴能在太多人让我们改变主意之前，离开伦敦。”

“我希望您能够透露一下您惊人成功的秘诀。”我说。

她转头看我，依然是那副我熟悉的温和、普通的样子。

“您知道，我嫁给吉尔伯特在伦敦定居之后，人们就开始被我说的话逗笑，这件事我比任何人都觉得奇怪。同样的话我说了三十年，没有一个人觉得好笑。我想这一定是因为衣服、波波头的发型，或者是我的目镜。随后我才发现，是因为我经常说实话。这很不寻常，所以人们才觉得好笑。等到有朝一日人们发觉了这个秘密，习惯了讲真话，那么便理所当然不再会觉得这有什么好笑的了。”

“为什么我是唯一一个不觉得好笑的人呢？”托尔太太问。

简犹豫了一下，好似正老老实实寻找一个能够令人满意的解释。

“或许是因为当你看见真相时却并不自知，亲爱的玛丽昂。”她用自己那种十分温和敦厚的口吻说道。

这真是一针见血。我觉得简说的话总是一针见血。她就是这么有趣。

珍珠项链

“我运气多好啊，坐在您旁边了。”我们入席落座时，劳拉说。

“是我运气好。”我客气了一下。

“那可不见得。我原本就想着寻个机会同您说说话。我有个故事想要讲给您听。”

听到这里，我心里咯噔一下。

“我宁愿您先讲讲自己的事，”我回答说，“哪怕讲讲我的呢。”

“哦，可我一定要把这个故事讲给您听。我认为您可能会用得着。”

“如果您一定要讲，那么就请讲吧。不过我们先一起来看看菜单。”

“您难道不想听我讲吗？”她说，莫名有些委屈，“我还以为您会很高兴。”

“我是很高兴。你或许已经编了一出戏，想要读给我听呢。”

“这是我一个朋友身上发生的事。百分百是真事。”

“这我可不赞同。百分百的真事还没有编出来的真实呢。”

“您这话是什么意思？”

“没什么意思。”我承认，“就是说着玩。”

“我希望您能允许我讲下去。”

“洗耳恭听。我不打算喝汤了，太长肉。”

她痛苦地看了我一眼，又瞥了眼菜单，轻叹一声。

“哦，好吧，如果您不打算喝汤，我觉得我也不要喝了。天知道，我可担不起放任自己身材走形的后果。”

“不过，还有什么汤能比这种放了一大勺奶油的汤美味的呢？”

“罗宋汤。”她哀叹一声，“这是唯一一道我真心喜爱的汤。”

“别想啦。跟我讲讲您的故事，在鱼上来之前，我们就先把食物忘了吧。”

“哦，其实事情发生的时候，我刚好在场。当时，我正和利文斯顿一家共进晚餐。您知道利文斯顿那家人吧？”

“不，我应该不认识。”

“哦，您可以去问他们，他们会证实我说的每一个字。他们叫了自己的家庭女教师来家里吃饭，因为之前邀请的某位女士在最后一刻放了他们鸽子——您知道，有些人就是那么自私——那样一来，餐桌上的人数就会变成十三位。这位家庭女教师是罗宾森小姐，非常好的一个女孩，年轻，您知道，也就二十一二岁，而且长得非常漂亮。我个人是绝对不会雇这样一位又年轻又漂亮的家庭女教师的，不知道会搞出什么事来。”

“但人总要往好处想。”

劳拉根本没有听我的评论。

“关键在于她脑子里全都是年轻小伙子，而不是专注于自己的工作，然后，等她刚刚适应了你的习惯，她就要辞职去结婚了。不过罗宾森小姐的履历非常漂亮，我必须要承认她是一位非常好、非常可敬的人。我相信，事实上她是一位牧师的女儿。

“席上还有一位男士，你也许没听说过他的名头，不过这人在当地的确非常有名。他叫博尔塞利，是位伯爵，对珍贵宝石的研究超过世界上任何一个人。他旁边坐着玛丽·林格特，她戴着一串珍珠，很是自命不凡。交谈中，她问伯爵自己这串项链如何，他回答说非常漂亮。她听了觉得自尊心受伤，跟他说这串项链可是价值八千磅。

“‘哦，的确值这么多。’他回答说。

“罗宾森小姐就坐在他对面。那天晚上她看起来相当亮眼。当然，我认得她的裙子，那是苏菲的一条旧裙子；不过如果您不知道罗宾森小姐是一位女家庭教师，就一定不会起疑心。

“‘那位年轻女士戴的项链非常好看。’博尔塞利说。

“‘哦，可她是利维斯顿太太的女家庭教师。’玛丽·林格特说。

“‘我实在忍不住。’他说，‘她戴的这条珍珠项链品相堪称顶级，因为这是我这辈子见到尺寸最大的。值个五万镑是肯定的。’

“‘胡说。’

“‘我可以发誓。’

“玛丽·林格特凑了过去。她的声音非常刺耳。

“‘罗宾森小姐，您听见博尔塞利伯爵说的了吗？’她叫道，‘他说您戴的那串珍珠项链，价值五万镑呢。’

“恰好在这个时候，席上的谈话停了一下，所以大家都听见了。我们全都转头看着罗宾森小姐。她脸红了一下，笑起来。

“‘哦，那我真是还了一个好价钱。’她说，‘因为我只花了十五先令。’

“‘的确如此。’

“我们全都笑了。这当然是很可笑。我们都听说过，妻子会骗丈夫，拿一串假的珍珠项链却谎称这是真货，而且非常贵。这类故事都老掉牙了。”

“谢谢夸奖。”我说着，想起了自己写过的一个小故事。

“但是认为一个女家庭教师拥有一条价值五万镑的珍珠项链，还出来当家庭女教师，那不是太荒谬可笑了吗？很显然，伯爵看走了眼。但是，亘离奇的事情发生了。真可胃‘巧合伸出了长胳膊’。”

“这句俗语不好这么用的。”我反驳道，“它的牵涉面太广了。难道您没有看过《英文俗语大辞典》这本迷人的书吗？”

“我正要讲最精彩的部分，希望您不要打断我。”

但我必须再次打断，因为这时一条新鲜的烤三文鱼刚刚绕过我的左手肘送上来。

“利维斯顿太太赐予了我们美妙的一餐。”我说。

“吃三文鱼会长肉吗？”劳拉问。

“特别长肉。”我说着咬了一大口。

“废话。”她说。

“继续啊。”我央求她，“巧合伸出的长胳膊准备挥动啦。”

“哦，就在这时，管家走过来，弯腰走到罗宾森小姐身旁，在她耳边低语了几句。我觉得她的脸色有点苍白。不搽胭脂实在是大错特错，您永远不知道人生会怎么戏弄你。她看起来的确是吓到了。她往前倾了倾身子。

“‘利维斯顿太太，道森说前厅里有两位先生找我有急事。’

“‘哦，那您赶紧去吧。’苏菲·利维斯顿说。

“罗宾森小姐起身走出了房间。当然，我们所有人心里想的都是同一件事，只不过我先开口说了出来。

“‘我希望他们不是来逮捕她的。’我对苏菲说，‘那样的话，对您来说就太糟糕了，亲爱的。’

“‘您确定那条项链是真的吗，博尔塞利？’她问。

“‘哦，十分确定。’

“‘如果是偷来的，她不可能有那么大胆子敢在今天晚上戴出来。’我说。

“苏菲·利维斯顿虽然化了妆，脸色也变得惨白，我看得出她是在想自己珠宝匣子里的东西是不是都在。我只戴了一条钻石短链，但我本能地伸手去摸脖子，看它是不是还在。

“‘别胡说。’利维斯顿先生说，‘罗宾森小姐怎么可能

会有机会去偷这样一串价值连城的珍珠项链呢？'

"'她可能负责收赃。'我说。

"'哦，但是她的履历很漂亮。'苏菲说。

"'这些人的履历不都是那样。'我说。"

我不得不主动出击，再次果断地打断劳拉。

"您似乎从一开始就没准备把这件事往好了想啊。"我评论道。

"当然，我对罗宾森小姐没有任何负面看法，而且我有一百个理由认为她是一个非常不错的女孩子，但如果发现她是一个声名狼藉的小偷，并且是某个国际犯罪团伙里知名的一员，不是更令人激动吗？"

"就像电影里演的那样。不过我恐怕，像您刚说的那种刺激事也只能出现在电影里。"

"哦，我们全都等着，大气不敢出。房间里安静极了。我本以为会听见前厅里响起手铐声，至少也能有一声闷闷的尖叫。我觉得这种沉默太不祥了。随后房门打开，罗宾森小姐走了进来。我立刻留意到那串项链不见了。我看得出，她脸色苍白，但是又很激动。她回到席上，坐下来，笑着把它扔在上面……"

"扔在什么上面？"

"桌子上啊，傻瓜。一串珍珠项链。

"'这才是我的项链。'她说。

"博尔塞利伯爵倾着身子凑过来。

"'哦，可这一条是假的。'他说。

"'我跟说过是假的。'她笑起来。

“‘这并不是您刚才戴的那一串。’他说。

“她摇了摇头，神秘地笑了笑。我们全都好奇死了。我不明白苏菲·利文斯顿看见自己的女家庭教师因这件事成为众人感兴趣的焦点为什么那么高兴，她提议罗宾森小姐最好还是解释一下时，我觉得她的举动里有一种可疑的尖酸。不过呢，罗宾森小姐说，她来到前厅见到那两个人，他们说自己是杰洛特珠宝店的店员。正如她之前所说，她就是在那里买的这串项链，只花了十五先令，她曾把它拿回到店里，因为搭扣松了，吃饭当天的下午才去取回来。据那两个人说，他们还给她的项链拿错了。有人将一串真的珍珠项链拿到店里重新穿，助理把两条项链弄混了。当然，我到现在都想不明白，怎么会有人蠢到能把一条真正价值连城的项链拿去杰洛特珠宝店修，他们并不善于处理这一类珠宝，而且他们连珍珠的真假都分辨不出来；不过您知道，有的女人就是这么蠢。总而言之，罗宾森小姐刚才戴的那一条，正是价值五万磅的那条。她自然要把它还给他们——我想，除此之外她也没有别的办法，不过这肯定是件很痛苦的事——而他们也把她自己的那条还给了她；他们又说虽然他们自己没有这个义务——您知道，当男人想要装得一本正经的时候，会有多傻、多浮夸——他们还是奉命要送她一张三百磅的支票，当作抚慰金也好，当作什么别的也好。罗宾森小姐还真的拿出来给我们看了。她整个人乐开了花。”

“哦，那真是交了好运，不是吗？”

“你可以这样认为。不过事实表明，这张支票却毁了她。”

“哦，为什么这么说？”

“哦，后来她熬到可以放假的时候，就对苏菲·利文斯顿说她已经想好了，要去多维尔待一个月，花光这三百磅。当然了，苏菲也尝试过劝阻她，央求她把这笔钱存进银行，但是她不肯听。她说自己之前从没有过这样的机会，而且以后也不会再有，她想给自己至少四周时间，试试像女公爵那样的生活。苏菲也实在拦不住，于是便放弃了。她把一大批自己不要的衣服卖给罗宾森小姐；这些衣服她曾经穿了整整一年，已经腻味死了；她说这些衣服是自己送给她的，不过我觉得她不会这么做——我敢打赌，这些衣服她脱手的价格很便宜——罗宾森小姐于是动身，独自一人去了多维尔。您猜后来怎么着了？”

“我不知道。”我回答，“我期望她好好享受了自己的假期。”

“哦，在她应该回来的前一个星期，她写信给苏菲，对她说她改变了计划，另找了一份工作，倘若她不回来了，也希望利维斯顿太太可以原谅她。当然喽，可怜的苏菲很恼火。而真正的实情呢，就是罗宾森小姐在多维尔搭上了一个有钱的阿根廷人，跟他一起去了巴黎。有人后来在巴黎见过她。我自己也在佛罗伦萨见过她，手上的镯子都排到了手肘，脖子上挂着好几串珍珠项链。我当然不会理睬她。他们说她在布洛涅森林有所房子，我知道她还有一辆劳斯莱斯。几个月以后，她甩了那个阿根廷人，又傍上一个希腊人。我不知道她现在跟谁一起，不过很显然，早晚她会变成巴黎最漂亮的妓女。”

“我的结论是，当您说她被毁了的时候，您纯粹是从技术角度来使用这个词。”我说。

“我不懂您这话是什么意思。”劳拉说，“但是您不认为可以根据它创作一篇小说吗？”

“很不幸，我已经写过关于珍珠项链的故事了。没办法再继续写和珍珠项链有关的故事。”

“我本来动过心思，准备自己动笔。只不过，结尾我肯定是要改一下的。”

“哦，您准备怎么改呢？”

“哦，我应该安排她和一个银行职员订婚，这个人在战争中受了很严重的伤，比如说，只剩一条腿，或者半边脸被枪子儿崩飞：他们一贫如洗，两人的婚礼拖了好几年没办法举行，他要花光自己所有的存款才能在郊区买一所小房子，只有等他存进最后一笔分期款项之后，两人才能安排婚礼。然后她把这三百磅交给他，两个人几乎不敢相信，他们那样开心，他趴在她肩头哭得像个孩子。然后，他们在郊区买了一所小房子，结婚后，把他年迈的母亲接过来同住，他每天都去银行上班，如果她小心避孕，还可以继续每天去当女家庭教师，并且常常谎称丈夫生病——您知道，反正他是受过伤的——她要照顾他，然后一切都非常令人同情，甜蜜又可爱。”

“这个结尾在我听来十分无趣。”我冒着风险说。

“是的，但是价值观正派啊。”劳拉说。

图书在版编目（CIP）数据

毛姆短篇小说集 / (英) 毛姆 (William Maugham) 著; 吴雪译. -- 南京 : 江苏凤凰文艺出版社, 2018.1（2025.10重印）
ISBN 978-7-5594-0888-4

Ⅰ. ①毛… Ⅱ. ①毛… ②吴… Ⅲ. ①短篇小说一小说集一英国一现代 Ⅳ. ①I561.45

中国版本图书馆CIP数据核字(2017)第168547号

书　　名	毛姆短篇小说集
作　　者	[英]毛姆
译　　者	吴　雪
选题策划	北京记忆坊文化
策划编辑	钱　丽
责任编辑	姚　丽
封面设计	刘　军
版式设计	段文婷
出版发行	江苏凤凰文艺出版社
出版社地址	南京市中央路165号，邮编：210009
出版社网址	http://www.jswenyi.com
印　　刷	北京中科印刷有限公司
开　　本	880毫米×1230毫米　1/32
字　　数	155千字
印　　张	7
版　　次	2018年1月第1版，2025年10月第4次印刷
标准书号	ISBN 978-7-5594-0888-4
定　　价	38.00元